苓菁作品

苓菁作品

笭菁作品 53

妖火

異遊鬼簿III

笭菁 著

目錄

CONTENTS

※本書人物及故事情節純屬虛構，如有雷同純屬巧合※

楔子

豔紅的大火照亮了夜空，警鐘聲聲刺耳，熱氣奔騰，哀號聲此起彼落，人們倉皇失措的逃竄，甚至無法帶走任何細軟。

「啊啊——孩子！我的孩子！」有母親在屋外哭喊著，但是火勢越來越大，火消組的人們只能把他們趕走！

「走開！不能待在這裡！」他們驅趕著災民，並回頭吆喝弟兄。「快點！把這房子拆了！」

火消組早就蓄勢待發，確定了災民遠走，立刻舉起長木柄，木柄尾端是把鐮刀，是為鉤叉，以此勾住正燃燒著的房子樑柱，使勁拉扯，務使整棟房子垮下為止，用以阻絕空氣，才能阻止火勢蔓延，這是所謂「破壞消防」！

「預備——」一人發號施令，其他火消緊勾住屋子的樑柱。

而沒有人注意，屋子裡有個身影，正冷冷的望著他們，端正的站著，像是在搜尋什麼。

幾個火消合力有節奏的喊著「一、二、一、二」，終於讓房子順利垮下，煙塵四起，火燄像是被壓進木屋裡般，但是還不能掉以輕心；火消們揮汗如雨，看著屋頂上那應該隨風飛舞的「纏」，此時此刻卻不見蹤影！

「隊長呢？」有人大吼著，「他不是該拿著纏嗎？」

白色的纏象徵著只要一路拆到那棟房屋，就能阻止火勢，此刻卻完全消失了！

所有人望著橘色的天空，曾幾何時東方已經泛出白光，從昨夜發生的大火至今已經幾個時辰了，他們看見的還是只有漫天大火，跟無止境的蔓延。

幾個火消狼狽的奔了過來，他們拿著龍吐水，全身被煙燻得黑漆抹烏，頭上綁著的布條早就濕透，一臉悲傷又焦急的跑來。

「快點！火勢還在蔓延！」弟兄們大喊著，「風越來越大，火勢根本滅不了啊！」已經拆掉幾條街的房屋了，江戶城內依然一片火海。

「隊長呢？」有人緊張的拉住他，隊長總是在火海中第一個站在屋頂，高舉著纏指引他們啊！

男人聞言，只是鼻子一酸，搖了搖頭。

這麼大的火勢，已經延燒整夜未止，眼看著整座江戶就算燒完也不一定有終止的一刻，隊長早就葬生火海了！

「走了！現在不是沮喪的時候，江戶還在火裡啊！」第二小隊長遠遠的吼聲傳來，他正高舉著纏。「快點去把火給滅了！」

看著小隊長接手已經被燒掉一半的纏，氣勢萬鈞，儘管看得出身心俱疲，他還是不顧一切的往前奔，只看著前方，看著那些正在火海裡的房屋！

「喝！」一群火消弟兄緊握雙拳，現在最重要的事是滅火，再不快一點，連江戶城都要受到波及了！

他立刻分開行動，町火消人數過少，即使有青年加入也是不敷應付，這場大火因狂風之故無止境的擴張，不分開行動是不行的。

只是才跑過一戶民宅，卻有人突然停了下來，狐疑的往屋裡看去。

「綱吉，你做什麼！」五郎回首喊著。

「有哭聲！」綱吉看著眼前一棟火舌豔豔的屋子，「我聽見小孩子的哭聲！」

「咦咦？」五郎立刻往前喊，「等等！這邊有人！」

綱吉立刻往身上澆水，試著想走近，原本只聽見火燒木材的劈啪聲，但是終於在靜下心思後聽見了……「哇哇哇……」

嬰兒！是嬰孩的哭聲！

「快點！拿被子！被子！」大夥兒吆喝著，火勢驚人，已經沒有被子可以燒了，所以找條寬布淋濕後，綱吉一把搶過！

就見他披在身上，其餘人試著在不讓整棟屋子倒塌的情況下先把另一邊拆毀，還有人拿著龍吐水盡可能滅掉門口的火燄，只是聽著那哭聲虛弱，綱吉覺得不能再等了，二話不說就衝了進去！

「綱吉啊！」五郎緊張高喊，但他已衝入火場。

這屋子剛被燒到，但是木製房子瞬間就燒起來，綱吉拿濕布摀著口鼻前進，在靠近門口不遠處，瞧見一個趴著的女子，火舌已經竄上她的衣袖，背部正在燃燒，看來已經回天乏術。

而哭聲，正是從女人身下傳來。

「喝啊！」綱吉拿著鉤叉勾住女人的衣領，使勁的往旁邊扯離，果然在她曲著手的下方，有個被布緊緊包裹著的嬰孩。

「哇哇哇哇——」像是感受到熱浪以及命懸一線的痛苦，那襁褓中的嬰孩哭聲淒厲，「哇哇——」

「綱吉——」外頭忽然傳來高喊聲，同時，一旁屋頂砰磅的突然坍塌，綱吉不顧一切的衝上前去，以身緊緊護住那嬰兒！

「哇啊……」嬰兒哭泣聲中斷了些，彷彿感覺到有人來了，一雙淚眼瞧著正上方數秒，又繼續哭了起來。

樑柱壓上了綱吉的背，他無法動彈，咬著牙吃力撐著，五郎的聲音就在外面，他們正設法將他救出，或是將樑柱拖離。

「不要怕，我在這裡！」綱吉忍著火燄的高溫，口鼻上的布巾分了一角給哭泣的孩兒。

這麼大的火，這嬰孩不但倖存，又沒有被嗆昏，這是天意！天意啊！

他低著頭盡可能護住嬰兒，耳邊卻聽見了奇怪的聲音，不是火燒木材的劈啪聲，而是一種沙沙聲響，彷彿……像是有和服在榻榻米上拖曳的聲音。

沙沙沙沙……那聲音再明顯不過了，女子婀娜的步伐，穩健的走著；可是，這裡是火場啊，裡面都已經被大火吞噬，火浪襲捲著層層向上湧去，怎麼可能還有人在裡面從容行走？

唰的一盆水潑了下來，就灑在綱吉背上，緊接著是人聲嘈雜，他背上的柱子終於被拖離，而來人七手八腳的將他自背後抓起，他則緊緊的抱住懷裡的嬰兒。

就在被往後拖的時候，他望進被火舌吞噬的屋子裡，居然真的有人！一個妙齡女子背對著他站在裡頭，動也不動。

「欸，還有——」

女人忽而側首，在火燄中幽幽轉過身。

那是個清秀的少女，白淨的臉龐，鮮豔紅唇，身上穿著一件紫色的振袖，展開雙臂，開始在火燄裡輕舞。

綱吉一時啞口無言，因為……她穿過了火？火竟沒有燒上她的身子及衣袖，而且她像是也不怕燙似的！

『燒吧！燒吧！』女孩仰天長笑著，『統統燒光吧！』

咦？綱吉驚愕望著那女孩，她下一刻居然穿過了屋子，只剩下那紫色的振袖在火燄裡飄揚……

「人呢？她人在哪？在哪裡啊！」

第一章・無名火

喝！季芮晨跳開眼皮，渾身是汗，耳邊聽見的是自己急速的心跳聲。

黑暗的房間裡只有浴室透出來的微光，她皺著眉還在適應現況，剛剛那是……夢？天哪，她翻了身，好熱，那種熱氣逼人的感受好真實，彷彿真的在火場裡似的。

「呼……」她鬆口氣，起身扭開燈，拿過了床頭櫃邊的水，大口大口的灌入。

『怎麼了？』低沉但溫柔的聲音傳來，她微微回首，知道「他們」在床邊。『做惡夢了嗎？』

說話的是長年跟著她的亡者之一，Kacper，是死於二戰的波蘭軍官，一個英姿煥發的紳士。

「嗯，細節記不清楚，但就是身陷大火之中。」她撐起身子，汗都浸濕了衣服。

『是什麼預兆嗎？』Kacper 接著問，卻讓季芮晨愣了一下。

「你為什麼認為是預兆？而不是普通一場夢？」她帶著嫌惡的口吻看向空無一人的床，聲音的方向。

『它也可以是一場普通的夢。』Kacper 沉穩的說著，『如果妳要這麼想，我尊重妳。』

夠了！季芮晨不悅的走到窗邊，唰的拉開窗簾，飯店在五十層樓高之處，白天可清楚的俯瞰整個東京，包括東京鐵塔與晴空樹。

她是季芮晨，一個旅行社領隊，專門帶團旅遊，不限國度，因為她有優異的語言能力，精通多國語言。對外應徵時總說是因為自幼跟著父母在各國間遊歷，父母因車禍雙亡後便在親戚間流轉，因此自然而然學會各種語言。

事實上，她幼時沒有離開過台灣，但是父母雙亡是真的，她從小到大，遇過無數次的災難橫禍，都是唯一的生還者，過去還曾有 Lucky Girl 之稱。

幼時開始，從遊覽車翻車、雲霄飛車安全栓斷裂，乃至於重大車禍，永遠都是她身邊的人死亡，非死即傷，甚至在大雨滂沱的路上，遇上打滑的砂石車，車子都能在她面前一公尺處，千鈞一髮的擦過她身邊，輾死待轉的機車騎士。

人們總說她是奇蹟，是，但事實上……在她身邊滾動的屍體們，多少是因她而死的。她聽得見亡者之聲，必要時她也看得見亡靈，季芮晨從落地窗的反射看著昏暗的屋內，就可以在她的床邊看見三個亡魂：一頭大捲髮，穿著低胸緊身T恤的西班牙裔美女 Margarita、站在牆邊的和服少女天海櫻，還有站在床邊的波蘭軍官 Kacper。

他們都已經死了幾百年，靈魂未曾轉世，在世間遊蕩，直到被她吸引過來後，就跟在她身邊，沒有離開過，跟她要好的是這幾個，還有許多路過的浮遊靈、飄蕩的靈體都會跟上，有些黏了一陣子後會離開，也有未曾離開，反正亡者來自世界各國，這就是她會多國語言的原因。

這是標準的「環境教育」，誰能否認？

過去發生意外前，她都能聽見許多孤魂野鬼的叫囂，所以她能及時做一些預防措施，她曾經以為是因為如此她才得以獲救，可是……現在她已經不這麼天真了。

當親友一一喪生，唯獨自己活著時，這還能叫 Lucky Girl 嗎？

『小晨在想那個鬼說的話對吧？』Margarita 婀娜的伸了個懶腰。『他可講了一大堆誰都不敢講的事！』

「總比你們都瞞著我好！」季芮晨不悅的對著落地窗喊著。

『不是故意瞞妳的，只是……這種事誰會說？』Kacper 嘆了口氣，『妳自己也不願意知道吧？』

季芮晨深吸了一口氣，前額靠著落地窗，時光若能倒流，她真的寧願不知道！

她今年二十五，是個領隊。

人很難裝聾作啞一輩子，她為了考領隊，先去參加旅行團偷學，再經過實習，一路從吳哥窟、波蘭到挪威，每一次的旅行團都出事，當地的惡靈厲鬼都被喚醒，進行殘忍的屠殺或是抓交替，搞得每次全團出去，都只有少數的人得以回來。

唯一倖存最多人的是挪威那團俊男美女的模特兒們，但是他們人是回來了，靈魂卻已經被替換……當時的亡魂們說全是靠她才能夠成功，她不懂。

但是她後來帶了一團希臘團後，她懂了。

帶去希臘的那團，遇上了希臘大罷工，還碰上了海裡回來的亡靈，與親人上演爭奪戲碼，然後她遇上了自助旅行的奇人，看見了應該是廢墟的維納斯神殿如何的金碧輝煌，還瞧見了所謂的「死神」。

在那裡認識了一個清麗的女人，眉宇間鎖著濃厚哀愁，她身邊有個亦步亦趨的男人，像是愛人般的體貼關懷，但是季芮晨知道，那個男人不是人，是亡魂。

女人姓令，寡言冰冷，可是叫斐學的鬼男友卻溫和許多，也是他告訴她驚人的事實——每一次的事故，都是她喚醒亡者與厲鬼的。

她能給予陰界之物強大的力量，鬼能成厲鬼，小妖能成狂妖，所有負面事物都能倍增力量，所謂「負闇之力」！

不說她自己也察覺到了，這麼多旅行團為什麼就她的會出事？為什麼有厲鬼會質問她是否與之站在同一邊？為什麼挪威的學生亡靈會說仗著她，他們才能附身？

有她在，四周的魍魎鬼魅都能得力而復甦！

「可惡！」季芮晨搥著落地窗，「這不是我想要的人生！」

『妳沒辦法選擇，就像我也不想死在戰場是一樣的道理。』Kacper朝著她走來，『我不知道該怎麼安慰妳，但是我想妳已經做了決定不是嗎？』

做了決定……季芮晨闔上雙眼，是啊，她是下定決心。

不然，她也不會再繼續工作，繼續帶團。

『生死有命，富貴在天。』Margarita 說得寫意自然，對他們這些亡者而言，事實上外面死多少人都與他們無關。

那她呢？因為她能給予魍魎鬼魅力量，所以她該怎麼做？死？了結自己，就能夠避免負闇之力的影響，或許可以減少更多人的死亡。

季芮晨望著閃爍的燈火，揚起微笑，很遺憾，她有她的人生，她沒辦法大愛到為什麼世間蒼生一死了之，如果這是命，她坦然接受，那其他人也該是！

她可以想像如果這件事傳了出去，又被證實的話，她說不定會被人們五花大綁的架上刑台，針對像她這種類型的人，通常是處以火刑，所以當她在上頭被活活燒死時，台下說不定會歡聲雷動，慶幸負闇之力已滅，世間得以平安。

誰說人不能殺人？當事情威脅到「大部分」的人類時，人類就會為了自保而不計一切的屠殺。

所以，她選擇繼續過她的人生。

「如果一切都是注定的，那我這樣的選擇也是上天早就知道的。」季芮晨揚起一抹苦笑，「我要繼續過我的人生，但是不能太明顯就是了。」

『要不明顯很難，妳得一直換旅行社！』Kacper 中肯的說，『否則再繼續出事，沒人敢給妳帶的！』

「我會盡量避免出事啊！」季芮晨回過身子，三個亡者都已經現身。「來啊，你們幫我解夢，剛剛那場大火是怎麼回事？」

『火？妳夢到火？』Margarita 雙眼熠熠有光，好像很開心似的。

「嗯，木造的房屋，警鐘，大火漫天……」季芮晨歪了歪頭，「還有和服……」

『果然跟這裡有關，日本。』Kacper 沉了聲，他其實不願意季芮晨一直遭遇事情。

「原則上我希望只是夢，但是正如你們知道的，如果我是負闇之力的源頭，那麼……」季芮晨正首，看著正在玩弄衣袖的女孩。「小櫻，妳說呢？」

少女抬起頭，她噘起嘴裝可愛，她是眾多黏著她的亡靈中最可愛的櫻花妹，日本人，季芮晨不知道她的生卒年，但是她沒什麼害處，而且跟時下日本女生一樣，喜歡可愛跟流行的事物。

『知らない，說不定是江戶大火。』小櫻聳了聳肩，『孤狗一下就知道了，很大很大的火災！』

「孤狗……」季芮晨瞥了一眼袋子裡的平板電腦，「算了，我明天一早還要工作，趁空時查好了。」

語畢，她逕往洗手間去，Margarita 發出咯咯笑聲。『妳不擔心啊？』

季芮晨回眸，「擔心？擔心也於事無補！我只能盡量避免團員受傷了！」

她一點也不希望團員再度折損，搞得好像她帶的團都非死即傷……雖然也差不多是了，但不是她下的手，她也沒轍。

認真說起來，每一次意外都事出有因，吳哥窟那次旅行她只是團員，一開始就已經是無法逃離的命運了；波蘭那團是因為團員的特質跟當地導遊的心態召喚亡者，挪威出事則是因為團員買了贓物，希臘那次也是因為暴動導致流血，全希臘的負面情緒大增，才牽動了一堆鬼魅魍魎……許多事是冥冥之中自有定數，而她，只是給了那些怨魂力量罷了。

她不是自願的，斐學說那是她的命格，就像有人是乞丐命、有人是皇帝命一般；而她，是負闇命。

所以，如果這團真的又有什麼事，那也不是她造成的，是人們原本種下的禍根，而她只是灌溉者。

沒有種子，就不會萌芽。

她步出洗手間時亡靈們都已經離開，或隱身或走避，她不在意，明天一早要開始工作，東京五天四夜團，今天都過第一天了，相安無事，明天應該也 OK 吧！

拿過手機看了一眼時間，未讀的 LINE 中跳出視窗，是小林。

一個在第一次旅行中遇上的實習領隊，一個知道她所有狀況，曾與她一起出生入死的男人。

一個她很重視，重視到當決定繼續走自己的人生時，絕對不能拖他下水的人！

如果只有她能幸運逃過各種劫難，如果在她身邊都容易被捲入危機當中，那只有遠離他，才是保護他的唯一辦法。

季芮晨將手機翻過去，關上燈，窩進了被子裡。

為了你好，小林，請不要再試圖與我聯絡了！

※　※　※

季芮晨起了個大早，事實上她輾轉難眠，都是小林，只要想到他就會難以入眠，很想看他到底傳來什麼訊息，但是LINE的功能是閱讀過後會通知發訊者，她又不願意讓小林知道她看過了。

電話不接，簡訊不理，搞得她現在連不明來電都不理，就是不想接觸小林，不想害他。

全世界她最不想牽連的人，就是他了。

季芮晨精神抖擻的走出電梯，先到樓下交代司機上行李，再準備進入飯店餐廳享用早餐。這時她注意到門口站著一個女性，穿著簡單的套裝，婉約高雅。

『導遊耶，看起來好文靜！』Margarita在耳邊唸著。

哇，導遊嗎？季芮晨忙不迭上前。「嗨！早！妳是美代子吧？」

一個妝容精緻的年輕女性站在飯廳門口外，儀容相當整潔，頭髮挽起，臉上帶著淺淺的笑，完完全全就是典型日本女性的模樣。

「嗨！」她愣了一下，旋即綻開笑顏。「妳是季小姐嗎？您好，怎麼認出我的！」

「嗯，直覺。」季芮晨使用流利的日語，她總不能說，她身邊的鬼告訴她的吧？「昨天聯絡時妳有提到有時間的話想早點過來！」

「欸，是的。」美代子神情有些驚訝，「妳……日語說得好好喔！」

『もちろん！』小櫻突然邀了功。

「學過一點。」季芮晨趕緊使用中文，「在國外很難遇到台灣的導遊耶，比較常遇到大陸的。」

「因為這裡是日本嘛，台灣留學生不少！」美代子也使用親切的中文，完全是台灣腔調，聽起來好順耳！「不過妳的日語發音好標準，簡直像是在日本出生的一樣。」

她還沒說話，小櫻已經得意的唱起歌來了，季芮晨充耳不聞的技術高超，開什麼玩笑，她本來就聽得見他們說話唱歌，要是每個聲音都會打擾到她，那還要不要生活咧！

「沒有啦，是老師好！」季芮晨趕緊趁機稱讚一下小櫻，要不然她會唱個沒完。「妳吃過早餐了嗎？要不要一起用？我是睡雙人房，有兩張早餐券！」

「咦？」美代子面有難色，她原本只是先來這裡找季芮晨，因為這是她第三次工作，很多事情都放心不下，就怕遲到會找不到領隊才提早到的……

早餐這檔子事，早就忘光了。

「別欸了，兩張券不用白不用啊！」季芮晨笑著拉過了她，跟餐廳人員報上房號，就帶著美代子進去了。

進去第一件事是清點來用餐的人數，確定下來吃早餐的有哪些人，這是第一天，所以從現在的時間可以知道哪些團員是會提早下來的，哪些人會搞到最後一刻才下來。

一一道早後，季芮晨挑了個位子坐下，美代子也禮貌的說要先幫她看著包包，季芮晨笑著拒絕，身為領隊，當然東西是要自己顧好才是。

自助式早餐，她一邊拿取，一邊跟同樣在附近的團員們打招呼。

「我就說我不吃生菜！」綁著馬尾的女孩雙手抱胸，用極度不悅的口氣斥責著。

「這個很營養啊，吃吃看？」爸爸還和藹可親的勸說著，「妳都沒吃過，根本不知道它好不好吃啊！」

「囉唆！我就說我不吃了！」說著，她就要把父親盤子裡已經盛裝的生菜給夾回沙拉吧去！

「啊……」季芮晨趕緊阻止，「那個我喜歡吃，給我吧？」

她端著空盤，盡可能擠出笑容，有沒有搞錯？那女孩居然想把已盛盤的東西倒回去？

「哼！反正我要吃歐姆蛋，你快去排！」少女說完，一甩頭就走了。

父親尷尬的笑著，推拒了季芮晨的盤子。「沒事的，我吃完就好了，讓妳見笑了。」

父親這麼說著，像汗顏般的別過頭，卻走向歐姆蛋的排隊隊伍，要為他那嬌縱的十六歲女兒排；季芮晨回首，看著那個女孩抱著手機坐在桌邊，正很愉快的在打訊息。

呼，東京通常都是親子團，在東京重要景點晃晃後便前往迪士尼樂園，所以這團幾乎都是家庭為主，當然也有幾個散客，不過現在的青少年她有些不敢恭維，從昨天出發開始，就見識到了他們頤指氣使的真本事。

像剛剛那綁著馬尾的女孩子叫許芷凌，這位非常溫文儒雅的父親叫許安毅，對這獨生女極為寵愛，要什麼就給什麼，從桃園機場就開始說要買這個要買那個，嫌行李重還要父親幫她拿，問題是這對父母都照做了。

瞧她母親正在為她裝飲料，明明是自助早餐吧，女兒倒像是進了五星級飯店一般享受！

不過這是人家的家務事，他們愛怎麼寵溺小孩她管不著，只要不影響行程進行就好；像昨天，居然在羽田遲到半小時，就因為她大小姐在挑一個包，等到趕到集合現場時還老大不高興的，擺著臉色雙手抱胸，讓父母致歉，丫頭一個字都沒吭。

這點她就不能通融，當著全團的面說了規矩，這是團體行動，不能夠讓別人等。

這種事無獨有偶，張家的一雙兒子也差不多，只是男生比較不會流連精品店，他們只會喊著好無聊好無聊，熱死了，能不能找地方休息而已。

莊家三口也是獨生女，那個女孩算是全團的奇葩了，乖巧懂事不說，平常不多話，見人總是微笑打招呼，每次最早集合的就是他們家。

現在是賞櫻旺季，東京自由行的人居多，所以這團也才十二人，另外兩個是情侶，完全沉浸在自己世界中，麻煩的是很愛脫隊，這也是重點看管對象。

「小晨，妳要吃荷包蛋還是歐姆蛋？」突然，前方有人回首問著。

季芮晨怔了住，探頭往隊伍的前方看去，居然是莊舒帆！「那個我自己……」

「快輪到我了，一人可以點兩個，我就幫妳點吧！」莊舒帆微笑著，有著超齡的成熟。

「太陽蛋，謝謝妳。」季芮晨頷首微笑，能有這麼乖巧的團員真好，從莊舒帆的談吐舉止來看，完全不像十六歲的女生。

不過她的父母也非常優雅，低調行事，是相當有家教的家庭。

季芮晨離開隊伍，去拿一些水果跟麵包，結果張家那雙兒子居然為了烤吐司在那邊爭執，高頭大馬的大哥總愛欺負瘦小的弟弟。

「我先烤的！那是我烤的！」弟弟嚷著，剛剛季芮晨就看見他在那兒守著烤麵包機了，只是哥哥見縫插針，硬搶過烤好的吐司。「你還給我！」

「走開啦！」張正賢伸手一揮，直接把弟弟用力推倒！

「啊——」弟弟張正誼踉蹌的往後倒去，差點撞上其他端著盤子的客人，其他人嚇得紛紛走避，他就這麼狼狽的倒在地上。

「哈哈哈哈！活該！」哥哥居然大聲狂笑起來，還指著弟弟大罵，甚至一把抓過喜瑞爾就往弟弟身上撒！

天哪！季芮晨神經都快斷了！

這當然引起騷動，季芮晨簡直不敢相信親眼所見，這是怎樣啊！為什麼會在大庭廣眾之下搞這種事還不以為意？

「對不起！真的很抱歉！」季芮晨立刻殺了出去，用日語跟眾人道歉，一邊把瘦弱的弟弟扶起來。「抱歉，對不起對不起！」

美代子見狀也趕緊上前跟大家道歉解釋，服務員用不可思議的眼神望著揚長而去的張正賢，飛快的拿走那碗曾被他徒手抓取的喜瑞爾，心裡可能很難接受會有這種不文明的舉動。

「美代子，怎麼賠償幫我談一下，我願意賠償。」季芮晨攙著居然哭哭啼啼的弟弟，尷尬的離開取餐區，而不遠處的張義德居然開始盛怒咆哮。

不要！千萬不要吼啊！季芮晨緊張的在內心大喊，只見到張義德怒而起身，揚起他的手，嘴巴張大——靜止。

季芮晨沒有看到期然中的下一步有些錯愕，卻看見張義德臉色漲紅，像是拚了命想出聲卻發出不來的樣子，拚命的按著自己的氣管。

「Margarita？」

『不是我喔，是小櫻。』這口吻很委屈，因為每次季芮晨的矛頭都指向她。

算了，季芮晨不想阻止小櫻，至少等她走到座位前，最好不要再有什麼爭端！她一路送張正誼回到座位，壓他坐下，然後看向了張義德。

這一瞬間，張義德像是終於可以呼吸一樣，突然狠狠倒抽了一口氣。

「這裡是公共場所，我們不該喧嘩，張先生，你不能在這裡對你兒子吼叫咆哮，甚至出手打他。」季芮晨盡可能溫柔的說，「還有，你們不能在取餐區嬉鬧，而且也不能把手伸進喜瑞爾裡啊，這樣下一個人怎麼吃？」

「我管下一個人吃什麼？」張正賢滿不在乎的說著，「吃了又不會死！」

「張正賢！」母親皺起眉，「領隊說得對，你沒看大家都在看我們了，這很丟臉耶！」

「丟臉？這要怪張正誼好不好？沒用！跟我搶什麼搶！搶不贏還要掙扎！」

「那是我先烤好的麵包！媽——」

噢，季芮晨開始覺得頭痛，她曾在波蘭被一群厲鬼包圍，他們活生生的把一個人切割成數塊，她那時都沒有這麼頭痛，可是現在她完全無法招架。

「噓——」季芮晨用氣音打斷了他們，「在不造成別人困擾的前提下，輕聲細語，不能打架——我去幫你烤麵包。」

她不知道這家人能不能控制自己，但是她實在一個頭兩個大了。

只是才要前往取餐區，莊舒帆卻已經走了過來，手裡端了兩個盤子，其中一個季芮晨一眼就看出，是她剛剛不知道擱到哪裡去的餐盤！

「我幫他把麵包烤好了，就這兩片。」她溫柔的說著，「請吧。」邊說，莊舒帆將兩片吐司擱在張正誼的盤子裡，全部的人都很錯愕，只有她不以為意，繼續把餐盤遞給季芮晨，上面已經有了一個金黃濃郁的太陽蛋。

季芮晨接過，莊舒帆就旋身往自己的桌邊去，她的父母早已經坐定在那兒吃早餐，低語的像是在問她剛剛發生什麼事，他們的音量小到只有他們自己聽得見。

「八點半集合。」季芮晨最後撂下了這句話，她居然愣到連謝謝都忘記說。

「怎麼這麼好！」張正誼瞧著盤子裡的兩片吐司，不由得回首看著莊舒帆。

「少來！我要吃！」張正賢不滿被特殊對待的弟弟，伸手就搶過他盤子裡的吐司。

「不要拿我的麵包，你已經有很多片了！」

「張正賢！」張父的咆哮聲讓季芮晨倏地回頭，內心第一句話是有完沒完啊——只是在他們成為注目焦點前，忽然一陣火星閃過，轟然一聲，取餐區有個義大利麵餐爐直接燒了起來！

正在取餐的一個老伯伯嚇得鬆開了夾子，火燒上他的衣袖，嗚哇一聲大叫向後跌落了地！有人眼明手快的立刻抽過旁邊的布裹住老伯的手，將火拍滅，但那餐爐裡的大火

越燒越旺，

「哇！」現場立刻引起一陣騷動，因為那火竄燒得厲害，大家紛紛離開取餐區，而服務生趕緊奔至，拿著滅火器噴向餐爐，泡沫覆蓋了原本應該美味的菜餚。

整間餐廳屏氣凝神，所有人尚在震驚之中，張家也忘記原本的爭執，每個人都呆住了，只是在服務生收起滅火器的那剎那，緊鄰著的隔壁餐爐居然直接又燒了起來，而且是一盅接連著一盅，火勢完全沒有停止的跡象！

取餐區是個橢圓形空間，轉眼間每個下面有酒精的掀蓋式餐爐全部都燃起了大火！

『嘻嘻……』笑聲從取餐區那邊傳來，季芮晨驚覺不對勁，疾步往前走去。

在熊熊火燄中，她看見有個隱約的人影在火的後方移動，雖然非常模糊，但確實是一個人！

『好漂亮的火啊！』日語，季芮晨瞪圓了雙眼，幾乎跟著那個人影移動。『燒吧燒吧！』

火是飄忽移動的，她沒辦法看清那個人，那個人彷彿跟火燄鑲嵌在一起，揮動著……衣袖？等等，那是和服！

服務生們瘋狂的把所有滅火器都拿了過來，不停的朝著菜餚噴灑，而另外有人請大家鎮定，退出取餐區，並且有秩序的離開餐廳……當然，張家絕對不懂什麼叫有秩序，他們狂吼著插隊擠了出去，彷彿多待一秒就會被燒死般的緊張。

其他人都是焦急但排著隊的往門外去，畢竟火勢現在控制在取餐區，用餐區完全都沒有影響。

白色的泡沫蓋住了所有菜餚，但是卻蓋不住火勢，火舌不停的竄了出來，開始連綿向外燒去，燒上了天花板，燒向了煎蛋的工作檯，簡直一發不可收拾！

「小晨！走了！」美代子突然衝了過來，「大家都出去了，快點！」

美代子拉著她，但是季芮晨突然覺得她還不能走──「妳先走！快點！我還要拿東西！」

「什麼東西？」她不解，桌上沒有其他物品了啊！

「快出去啊！」季芮晨一把推著她，然後直接往取餐區去！

美代子不解，但是服務生也催促她離開，其他人趕緊使用滅火器，有人過來要季芮晨離開，火勢越來越大，取餐區的自動灑水系統立即灑了下來。

火不會熄的，季芮晨直覺明白，有什麼東西因為她的到來所以醒了。

終於，從火燄中走出了那旋轉的、飛舞般的人影，那是個妙齡少女，穿著紫色的振袖，梳著江戶時代極流行的島田髻，轉悠著，任振袖飛舞。

只是，她全身都是火，正燃燒著她全身上下。

『妳不是希望他們不要爭吵嗎？』女孩微笑說著，『我幫了妳！』

「這不是我要的，快把火滅了！」季芮晨緊握雙拳，而餐廳人員還以為她在對他說話，不停的致歉，甚至拽著她走。

『美，多美啊……都燒光吧！燒光吧！』女孩用陶醉的眼神說著，『除非找到他，人呢？他人究竟在哪裡？』

誰？這個女孩在找人？

『人呢？把他交出來！你們這些阻礙我的人，交出來——』和服女孩哽咽哀泣，看起來如此脆弱。『求求你們，求求你們啊……』

「走！快點離開這裡！」季芮晨對著其他餐廳人員大吼，「這火滅不了了，快點走！」

餐廳人員錯愕的望著她，她不停的大吼。「快點走！火會……」

餘音未落，轟然一聲響，在餐廳的另一端，一張無人的桌子突然冒出了火苗！

負責驅散的主管都愣住了，看著無來由的火冒出那張餐桌，緊接著下一張，再下一張，火勢延燒得如此迅速，而且餐廳裡的東西全部都是易燃物，短短數秒，已經燒上了天花板，燒上了十幾張桌子，任憑自動灑水器再怎麼噴灑也無濟於事！

「走啊！」季芮晨嘶吼著，終於喚醒了服務生們。

主管下令立刻驅散，所有廚師跟服務人員立刻往門外去，但他們沒有忘記先拉過季芮晨，顧客至此還是優先。

季芮晨惶恐的回首，看了餐廳最後一眼，她看見站在餐廳中央的女孩，用悲淒的眼神望著四周，輕擺著振袖，欣賞般的望著渾身是火的自己。

『燒吧……都燒光吧！』

第二章・淺草籤

消防車全停在飯店樓下，雲梯高高架起，飯店的餐廳位於十樓，救火不如想像中容易，加上自動灑水系統全面失效，站在一樓往上看，只能看見濃煙不停竄出窗外，玻璃窗的碎片灑落了一地。

季芮晨忙著檢查上車的行李，她只慶幸在吃早餐時就跟司機交代先上行李，當發生火警時行李已經全數裝上遊覽車，司機還機警的先把車子開走，讓消防車有位子能夠停靠。

接著就是檢視所有的團員，張家一家四口心有餘悸，弟弟手裡居然還緊抓著吐司忘了放手，許芷凌正忙著用手機錄下現場的慌亂，莊舒帆跟父母站在遙遠的地方，以不影響大家動線為主要原則。

季芮晨正在尋找落單的那對情人，剛剛在飯廳沒看見，她祈求他們根本還沒下來吃飯！

「咦？」遠遠的，牽著手走來的一對情人錯愕的望著兵荒馬亂的飯店樓下，還有一大群人潮圍觀。

「小晨！」莊光仁在後方喊著，「他們在後面！左邊後方！」

季芮晨趕緊向左看，只看見重重人潮，好不容易擠了出去，果然看見在外圍目瞪口呆的情人們。

「天哪……謝天謝地，你們不在！」季芮晨心裡的石頭全然放下。

「這怎麼回事？」劉俐孜眨了眨眼，「我們還沒吃早餐耶！」

「餐廳燒掉了！等等淺草那邊有很多吃的！」季芮晨由衷感謝他們平安，「我請客！」

「怎麼回事啊？」男友邵志倫完全反應不及，「我們才剛離開沒多久，想說出去拍個照！」

「拍得好拍得好！有東西還放在房間裡嗎？」季芮晨一反剛剛的擔憂，變得神采飛揚。

「沒有。」情人們不懂她的輕快。

「那我們就可以出發嘍！」季芮晨立即要他們到一旁站著，又擠回去集合所有的團員，離開駭人的火場。

此地不宜久留，能閃多遠就閃多遠，火勢到現在還沒撲滅，真不知道那個女鬼要燒到什麼程度？總不會要把整間飯店都燒掉吧？

季芮晨請美代子幫她注意團員，她一邊打電話給司機，告知團員要離開了，他們正前往遊覽車的方向；美代子在後面提醒大家有沒有東西沒帶到，所幸每個人都把物品帶了下來，沒有遺留在房間裡。

「好炫喔！居然可以遇到火災！」許芷凌的聲音在後面傳來，「早知道就再待晚一點，我剛剛拍那張失火的照片手震了超不清楚。」

「好了，別這樣！失火不是什麼有趣事。」許安毅總算開口說了句中肯的話。

「可以炫耀吶！」許芷凌不以為意的笑著，「反正我們又沒事就好了啦，管他們這麼多！」

她邊說，邊回身再對著那冒著濃煙的大樓拍了張照。

季芮晨聽著只有興嘆，現在的人不知道為什麼沒有同理心、而且對於己身之外的事毫不在乎，就像在取餐區胡鬧，他們不在乎影響到其他的客人；少女被寵溺得像女王一般，把父母當傭人使喚，當然父母也是甘之如飴。

這些人對於失火毫無想法，他們只知道自己沒事，其他人的死活悲傷就都是別人家的事，連一點點基本的同情都沒有。

或許，他們已經不知道同情為何物。

「小晨，現在就要走了嗎？」許芷凌追了上來，「說不定有人會想要問事發經過，我有拍照還有錄影耶！」

「我們要繼續行程喔，服務生比我們更熟悉事發經過，這妳不必擔心。」季芮晨還是和顏悅色，「來，車子在前面，過馬路小心喔！」

「好吧，那晚上到旅館時我再上傳到 YouTube 好了！」許芷凌聳了聳肩，看起來很愉快。「好棒喔，我現在開始覺得這旅行有意思了！」

因為失火，所以有意思嗎？

「好了，別這樣。」許安毅嘆息著開口，也拿女兒沒轍。「出來玩啊，就是平平安安最好！」

「我們很平安啊！大家不是都沒事！」她笑開了顏，「太殺了，等我上傳給同學看，他們一定超羨慕我的！」

她邊哼著歌邊走上遊覽車，還熱情的跟司機說了「歐嗨喲」，老實說如果許芷凌不是那種個性，她其實算是個相當可愛的女孩，無袖小可愛加上短熱褲，展露纖瘦的身材，高紮的馬尾青春洋溢，只要妝沒有那麼濃，一定能呈現出十六歲的樣子。

兩層假睫毛加上瞳孔放大片，光這樣她就已經認不出來了，跟昨晚去敲門問房間是否妥善時應門的她，根本是兩個人！

素顏的她也很好看啊，這樣子的妝扮的確亮眼，但是眼妝除去就完全認不得了！所以季芮晨把兩個樣子都默記下來，擔心半夜萬一發生什麼事，她認不出許芷凌就麻煩了。

「借過！」肩膀一個擦撞，魁梧的張正賢直接把季芮晨撞開，不忘一臉嫌惡的走上階梯。

「張正賢！你怎麼這樣！」張媽媽在後面趕緊賠不是，「妳沒事吧，季小姐，對不起喔，我家老大比較莽撞一點！」

「拜託！誰叫她要站在門口！這要大家怎麼上車啊！」張正賢回頭說著，還瞪了她一眼。

嗚，許家剛剛走上去就沒有任何阻礙啊，而且她根本沒卡在門口，她站在側邊，就只有肩上一點點兒越了線。「沒事沒事！我真的太靠門邊了！」

「哼！」張正賢從鼻孔哼氣，咚咚咚的上了車。

張義德粗嘎的吼著兒子，叫他不要跑掉，其實季芮晨比較希望爸爸音量小一點，活像要幹架似的，什麼事可以輕聲細語談啊！走在最後的張正誼一臉依依不捨，不時回眸，手裡的吐司竟然還在！

在看什麼？季芮晨跟著回首，輕笑出聲。「莊舒帆很漂亮厚？」

張正誼一怔，頓時滿臉通紅，緊張的衝向她。「噓噓——不要說！不然我哥一定會鬧她的！」

「放心，不說。」季芮晨比了噓，「她很像天使厚，又溫柔又漂亮。」

「對啊……」張正誼興嘆著，季芮晨只是竊笑，較之於欺負他的哥哥，才十三歲的他，勢必渴望一個素淨又高雅的姐姐。

「你哥也只是愛跟你玩啦，不過你不想被鬧的話，最好快點把吐司吃掉喔！」季芮晨好心提醒，「留得越久，你哥說不定就發現了。」

張正誼錯愕兩秒，立刻囫圇吞棗的把吐司給塞進嘴裡，大口到兩個腮幫子都鼓了起來，季芮晨深怕他嗆著了！

「咳……咳咳！」果不其然，他漲紅了臉。

「你幹嘛塞那麼大口啦！」季芮晨趕緊回身，還好有箱水就擺在司機旁邊。「來喝水，喝慢一點慢一點……」

這麼在手忙腳亂之際，莊家一行人走了近，莊舒帆看見張正誼的臉色，有些訝異。「怎麼了嗎？」

「沒事，麵包吃太大口嗆到了！」季芮晨趕緊幫他說話，張正誼已經尷尬的背對莊舒帆，完全不敢吭聲了！「沒事了，快拿著水上去！」

張正誼聞言立刻跑上去，害羞得不敢面對莊舒帆。而莊光仁客氣的詢問旅程是否照舊，會不會受到火災影響。

「對了，季小姐下次遇事別忘了逃。」莊媽媽都上去了又回身，「美代子說妳遲遲沒有出來，都急死我們了。」

「我只是去拿個東西，再說那時火勢還不兇猛。」季芮晨心裡暖暖的，「不過謝謝你們。」

有人這樣關心自己，她心裡覺得好暖和。

最後上車的是那對情侶，邵志倫手上的單眼還在喀嚓喀嚓的拍著，不過兩個人有些狀況外，可能對於原本好端端的飯店突然變成這樣有些難以接受。

「有人出事嗎？」劉俐孜望著大樓，「我剛剛還看見乾淨整齊的餐廳……」

「剛剛餐廳的服務生對我們態度很好耶，雖然我們都聽不懂他在說什麼，可是希望沒人受傷。」邵志倫有些擔憂。

「應該沒有，至少餐廳裡的大家都及時逃出來了，現在只希望不要越燒越旺。」她淡淡的笑著，「別擔心了，我們出發吧！」

劉俐孜走上階梯，邵志倫正在檢視剛剛拍的照片。

「很難不擔心吧？」他擰著眉心，凝視著相機螢幕說著，抬起頭時剛好與季芮晨四目相交。

那一瞬間，她心臟漏跳了一拍！

不是因為什麼小鹿亂撞，邵志倫長得很花美男沒錯……這不是重點，重點是眉宇之間鎖著的情緒，不只是擔憂，還多了一絲……恐懼。

恐懼？他在怕什麼？季芮晨倒抽一口氣的回身看向大樓，在那黑色的濃煙裡，她居然再次看見了飛舞的振袖！

半透明的振袖在黑煙裡飄揚，少女是否就站在窗邊，看著……看著什麼？

「出發吧！」季芮晨立刻轉上遊覽車，擠出笑容跟司機說著。

才五天四夜，要這麼把握時間嗎？而且如果她擁有負闇之力就拿去用，沒必要針對她的團員吧？

總不會這團團員又有問題吧？怎樣都是單純的家庭，幾個青少年的心態反應也跟時下年輕人差不多，不會有什麼大過錯吧？但過去的經驗湧上，看起來很正常的團員，背後也可能隱藏著秘密。

一個觀念、一句話，都可能挑斷厲鬼的神經。

不，這團也才十二個人，別鬧了！十二人再有折損，回去她就真的難交代了！

「早上大家經歷了特殊的事件，這是突發狀況，我想可能是餐廳設備哪裡出了問題，不過很慶幸大家都沒事。」季芮晨還是強打起精神，「大家收拾好心情，我們今天要去淺草，這可是舊江戶的代表，有很多很棒的景點喔！在此之前，我們就交給今天的導遊，美代子！」

美代子接過麥克風，青澀的跟大家打招呼，季芮晨抓了空檔休息，她滿腦子都是振袖，火……昨天小櫻說的，江戶大火。

這當中勢必有什麼關聯，昨夜那個夢，果然不是什麼巧合。

耳邊傳來美代子的介紹聲，季芮晨難以聽進去，她正在後悔昨晚應該先查一下江戶大火的……

「淺草是舊江戶的一部分，是日本過去的重要都市，江戶後來的繁榮，還有大家在日劇裡看到的時代劇，很多都是重建後的江戶，也是重建過後，才能如此興盛。」美代子的聲音清揚傳來，「江戶之所以會重建，就是因為江戶大火，又稱明曆大火，還有個比較特別的名字，稱為振袖大火！」

咦？季芮晨一怔，查什麼查啊，這邊就有一個對東京基本歷史知之甚詳的人啊！

「會叫振袖大火有個傳說，算是江戶的代表傳說了！」美代子邊說，季芮晨回頭看著車上的團員，個個都相當專注，野史傳說永遠比歷史來得吸引人！

話說一六五四年春季，某位上野的紙商帶著家眷賞花，而紙商的女兒在櫻花樹下對一個侍童一見鍾情，回家後念念不忘，於是訂做了一件質料與侍童身上衣服一樣的紫縐綢❶振袖，再將振袖掛於衣架上，每天向神佛祈禱能夠再見侍童一面。

遺憾心願未了，少女於隔年一月十六日過世，享年十七歲。出殯時，父母為了讓女兒瞑目，還將這件振袖披在棺材上。

法事過後，寺廟依照慣例，將振袖賣給舊衣鋪，沒想到買走振袖的少女，也在隔年一月十六日病歿，享年十七歲，辦法會的寺廟，一樣是本妙寺；但是大家都覺得只是偶然，所以法事過後振袖再度賣出，第三個犧牲者也是十七歲的少女，同樣在隔年一月十六日病逝。

事情巧合到如此地步，三家父母便同意合辦祭祀，為三位夭折的女兒祈求冥福。

---

❶縐綢，又稱「縮緬」，是日本常見的和服布料。

「這麼剛好都十七歲就死了嗎？」張義德顯得有點驚異，「這麼巧就要叫玄了啦！」

「對啊，還都同一天，可是為什麼廟方要把振袖賣出去啊？」許太太也覺得毛毛的，「那不是死者的東西嗎？」

「在以前是可以的，因為經廟方處理過了，是可以再度販售的，而且聽說兩位買振袖的小姐都是第一眼就喜歡上，因為那件振袖非常的精美。」美代子繼續解釋，「到了第三個女孩死亡後，就像先生說的，太多巧合就變玄了啊，所以三個女孩的雙親決定做一場法會，徹底超渡女兒。」

那該是場莊嚴的法會，為三個才十七歲就死亡的少女祈福超渡，目的更是燒掉那件不該存在的振袖，三個少女的早夭，死亡年紀與日期，只跟振袖有關聯！

季芮晨聽著，覺得全身有些發寒。

「但是當住持將振袖拋進火裡焚燒時，一陣狂風突然吹進，將振袖吹起，火星因此燒到一旁的物品，緊接著燒到正殿，那晚的風異常狂烈，就一路從本妙寺延燒——燒掉了大半個江戶！」美代子語調抑揚頓挫，聽得全團團員屏氣凝神。「從晚上一路燒到隔天中午，不管是大名或是商家的房子都付之一炬，估計當時江戶死了十萬人！」

『快點救火啊！』『快點離開這裡，這條街已經不行了！』『必須快點阻止火勢啊！』

昨夜夢境裡的聲音彷彿再度響起，闔著雙眼的季芮晨沒有忘記夢裡的大火、木造房子，還有橘色佈滿火星的天空。

「好可怕，十萬人耶！」莊光仁語重心長，「不過也因此江戶重建了。」

「因為一件衣服燒掉這麼多有可能嗎？」許芷凌嚼著口香糖，用狐疑的眼神問著。

「有可能啊，因為江戶那時全部都是木造房子，萬一風很大，一下就會延燒起來！」莊舒帆語帶興奮的接口，「雖然那是一場可怕的災害，但也是因為江戶大火，所以後來幕府大舉重建，有時破壞就是建設呢！」

感覺得出來，莊舒帆做過功課。

許芷凌瞥了斜後方的她一眼，冷哼一聲。「好啦，妳聰明、了不起啦！」

莊舒帆一怔，圓了雙眼不明白許芷凌的態度所為何來。

同時抵達淺草，美代子帶著大家先去淺草寺，大紅燈籠上寫著「雷門」兩個字，這是必拍景點，因為人數不多，季芮晨就輪流幫大家拍合照；當然許芷凌沒忘記不停自拍，左拍右拍，一個雷門拍了十幾張。

「來來，我們也合拍一張！」許安毅喚著女兒，跟妻子好不容易卡到了好位子。

「不要，煩死了！」許芷凌白了父母一眼，誰要跟他們拍啊！扭頭就往別的地方去。

許安毅尷尬的站在原地，季芮晨趕緊舉起相機。「看這邊喔，笑一個！」

按下快門的瞬間，看見的是夫妻倆僵硬的苦笑。

另一邊的張家也沒有好到哪邊去，兩個兒子又不知道為了什麼芝麻小事吵了起來，通常都是張正賢欺負弟弟，盡可能的找麻煩，張義德就粗暴的吼個不停，沒幾分鐘又成了淺草新景點。

「我要玩相機啦！給我！」張正賢不爽的吼著。

「什麼給你！你會用嗎？」張義德也不客氣，旁邊伴隨著是張媽媽虛弱的聲音：不要這樣，大家都在看了。

「你不讓我用怎麼知道我不會？」張正賢緊握飽拳，比父親高出一個頭的他，顯得非常具威脅性。「我都幾歲了，不要把我當小孩！」

「你不會用啦！」張義德根本沒在聽他說話，揮揮手打發。「快點去拍照，領隊要幫我們拍合照耶！」

邊說，張義德直接朝季芮晨走來，二話不說把相機塞進她手裡，再趕緊去卡位，吆喝兒子們過來！張正誼也想要玩相機，但是他還是很聽話的走過去，而張正賢卻明顯的瞪著季芮晨，才不甘願的走上前去。

季芮晨尷尬的幫忙拍了兩張，在不影響團員行程及安全的前提下，她不能干涉他人家務事。

「好嘍！」拍完，她才剛放下相機，就見張正賢直直衝了過來。

咦咦咦？季芮晨怔了住，而高頭大馬的張正賢伸長了手，朝著她手上的相機就要抓下──「把相機給我！」

等、等一下，大哥，你這樣衝我一定會被撞倒的！

季芮晨下意識的舉高手俯下身子以閃躲，照那種速度，張正賢定是狠狠的搶下相機外加撞倒她，那種噸位衝過來，她哪擋得住啊？

可是，她高舉左手護著自己，偷偷睜開一隻眼睛，相機沒被搶走，人也沒倒耶！她直起身子，看見張正賢扭曲的臉孔，還有他粗壯的右手被人攫住，而且向外扭了半圈，疼得皺起眉。

「有話可以好好說，不是力氣大就可以使用暴力。」伸手阻擋張正賢的人就站在她的身後，季芮晨瞪大雙眼，滿臉的不可思議。「別以為世上什麼事都能讓你為所欲為。」

「啊呀！放手！好痛好痛！」又是聲如洪鐘的大叫，張家真的很愛嘶吼，彷彿他們遇上了什麼天大的事情一般。

來人倏地鬆開箝制，還順道使勁推了張正賢一把，就見他連連踉蹌向後，腳跟一絆就摔上了地，四腳朝天，狼狽非常。

張正誼非常不客氣的大笑起來，聽那笑聲，有七分是假，三分是真，就怕哥哥不知道他拚了命在狂笑似的！

「哈哈哈！被摺倒了！哈哈哈！」張正誼的笑聲還有起伏的如音樂般哼著，「活該活該！」

就見張正賢怒氣沖沖，猙獰的臉瞪向弟弟，眼看著就要一躍而起，上演全武行了，季芮晨實在沒看過這麼白目的孩子……

「不可以幸災樂禍，你這樣子比他還糟。」季芮晨身後的人往前走，制止了笑得很誇張的張正誼。「恥笑別人是最要不得的事！」

張正誼突然被人說得啞口無言，下意識往旁邊望去，莊舒帆正在那兒看著這一切，讓他趕緊低下頭來，不敢再放肆大笑；張媽媽焦急心疼的趕緊扶起兒子，用怨懟的眼神看向突然出現的男人。

「你這人怎麼這樣，他還是孩子……」

「十六歲，不小了，該學會怎麼當個男人。」來人低沉的說著，轉身抽過季芮晨手上的相機，交給張義德。「喏，拍好了，接下來應該進入淺草寺求籤了吧？」

他從容的問向呆站在一旁的美代子，她哦了聲，紅著臉點頭，趕緊帶著大家往旁邊離開，附近圍觀的人也才漸漸散去。

「我們從這裡走……現在要進入淺草寺嘍！」美代子邊說，一邊偷瞄不速之客，哇塞，好陽光的男生喔！

站在原地的季芮晨咬著唇，這實在是個進退兩難的狀況，她跑也不是，不跑也不是……自個兒的團還在進行遊覽，身為領隊怎麼能逃呢？但是她躲這傢伙躲了大半年，照理說一見到他就是要跑，跑得遠遠的——才能保護他啊！

「沒想到我會出現？」男人果然在大家都往前走後，轉過身來面對了季芮晨。

她深吸了一口氣，完全不知道怎麼面對他。

小林，這個在吳哥窟認識的男人，他原本是別家旅行社的實習領隊，她那時報名吳哥的團，就是想偷偷看一下領隊都做些什麼工作，小林便是當時的實習領隊；他不但相信陰界事物，而且非常虔誠，有著信賴的廟宇，常常求法器、護身符戴在身上，因為他說出門在外，難免會招惹，要有備無患。

他送她的護身符跟佛珠擱在包包裡，沒戴在身上，不得不說他信賴的廟宇有幾分功力，黏在她身邊這些鬼異常討厭那些護身符，反正在他們無害的前提下，她不太會戴。

小林一直很關心她，也跟她一起歷經了許多劫難……每一次出生入死，每一個厲鬼肆虐與殘殺，都護著她，兩個人一起活了下來。

但他只要跟著她，就不會永遠安全。

「你帶團？」她別過頭，口吻冰冷。

「如果妳有看我傳的訊息，就知道我是特地來找妳的。」小林留意到她的動作，擋住她意圖鑽空隙的去向。「我都在這兒了妳還想躲我？」

「我……」季芮晨抬起頭，心裡有些不耐煩。「沒有躲你！」

「那為什麼不接電話不回簡訊不看LINE？」小林主動拉過了她，跟著團員後方進入淺草寺。「上次在警局時不是說好了？要好好談談？要跟我去一趟台南找萬應宮？」

「我工作很忙，應接不暇。」季芮晨直視著前方，因為知道小林盯著她不放。「而且我想過了沒有那麼必要，我身邊的亡靈們也不會允許這麼做。」

「妳不需要他們允許！」小林微慍。

「哼！」季芮晨嗤之以鼻的笑著，「你太天真了，他們是可以折磨我的。」

小林深吸了一口氣，好不容易找到季芮晨，氣氛不該一開始就這麼劍拔弩張，他選擇暫時沉默，挨在她身邊進入淺草寺；美代子在前面跟大家講解入寺的規矩。

進淺草寺前要先淨身，大家需用木杓盛水，清洗左右手，再喝水漱一下口，並吐在底下的排水溝內，才算完成淨身；接著到授香所買束線香，再把線香拿到中間的香爐中插好。

香爐裡煙霧繚繞，這時可以撈煙霧上身，傳說肝不好撈向肝臟就會有所保佑；然後走進正殿，將錢丟入木箱中，擊掌兩下，慎重的低首將你的願望告訴神明，就完成參拜動作。

參拜完畢後，可以到籤所抽個籤，搖動籤筒，搖出小木片，木片上有號碼，就能依號取籤；萬一抽到不好的籤，就綁在寺裡以求化解，現場也有販售各式各樣的平安符，相當可愛。

由於這是新奇的事物，團員們還都相當安分，照相錄影一應俱全，季芮晨就走在最後面，看顧所有一切。

心。

小林拿起水杓，她遲疑了兩秒，還是伸出手洗淨。

「大老遠跑到日本來找我，有什麼事嗎？」她輕聲說著，不想承認心裡其實有點開心。

「我上次帶團回來後，有去萬應宮求了一些新的護身符跟法器。」他低聲說著，「然後他們問妳為什麼沒有去。」

「你跟別人說我的事？關於……我每次帶團出去都會出事的事？」她有點不悅，這種事能說嗎？她才準備低調生活的。

「之前就說過了，萬應宮裡都是奇人，他們也不算普通正常人，能理解這種狀況的。」他們繼續往裡走去，「我也聽說妳上次帶的希臘團又出事了。」

「嗯，遇上雅典暴動，還有海裡爬回來的死者。」她幽幽說著，「我都快習慣了，你倒不必擔心，我不會出事的你忘了嗎？」

小林突然停下腳步，伸手拉住了她，季芮晨被阻擋得莫名其妙，抬首望去，見著小林正凝視著自己。

「妳不介意嗎？如果妳身邊的人一直出事的話？」

「我相信命定。」她擰著眉，「……或許我是一股助力，但是不會因為我改變誰的命運！所以我不能再去介意這些事了。」

「即使有人會……」小林望向前面的團員，他們正在燒香。「即使那幾個看起來還有燦爛人生的少年會慘遭不測？」

季芮晨緊握雙拳，為什麼要對她施加壓力！為什麼要把罪都推給她！

「慘遭什麼不測？」

冷不防的，他們身後傳來意外的聲音，季芮晨倒抽一口氣，詫異的轉過身去。

那對情人皺眉望著她，神情裡絕對說不上愉悅。

「你們……」怎麼脫隊了？季芮晨慌張的喉頭緊窒，她居然大意到沒注意他們在附近！

「小晨知道些什麼吧？」劉俐孜不高興的抿著唇，「怎麼能這麼都不說呢？這樣旅行很可怕耶！」

「我看從早上的大火開始就沒有什麼好事對吧？」邵志倫沒好氣的遞過相機，「喏。」

喏？季芮晨跟小林不由得互看對方一眼，困惑的湊上前去，看那台像巨砲般的單眼相機，裡面的照片是早上飯店的失火場景，玻璃大樓竄出黑煙，黑煙裡有著一個隱約的身影。

季芮晨一眼就知道了，她眼尾瞥著小林留意他的反應，小林蹙起眉，他也看見了，但不知道到底應該怎麼反應？

「他們果然知道啦！」劉俐孜雙手抱胸，「小晨，這時候妳應該要尖叫才對！」

「沒尖叫就表示早就知道了。」邵志倫拇指在相機上按了後面幾張，「你們看看，每一張都有她。」

邵志倫一張一張按，要命的是他居然還拉近用特寫！

特寫那張就讓季芮晨嚇到了，因為女孩的樣子太清晰，她真的站在窗口，雖然跟濃煙幾乎重疊，但是……卻好像是瞪著鏡頭似的！

「你們……本來就看得見嗎？」小林疑惑的看向比他們還鎮定的情人們。

劉俐孜瞥了男友一眼，極度從容的拇指一比。「他看得見。」

「只透過相機。」邵志倫鎮定自弱，「但是我會分凶惡，這個是惡的！」

「你還能分辨凶惡？」小林顯得很詫異！

「感覺得出來啊，你看這影像色澤偏紅黑色，這個絕對是厲鬼。」聽他說得斬釘截鐵，季芮晨簡直瞠目結舌！

這台相機哪裡買啊？她也應該買一台吧？每次都到出事了受傷了才能確定對方很凶，這台相機太威了！

小林暗自瞥了季芮晨一眼，「等等，這是什麼時候拍的？」

「就——」劉俐孜才要解釋，怔了住。「咦？你不是我們這一團的！」

「我朋友。」季芮晨趕緊幫忙解釋，小林出現得太突然了。

她哦了一聲，才覺得為什麼有人會不知道，所以把上午發生的事說了一遍，說得越多，小林的臉色越難看！他轉過頭認真的看向季芮晨，才第二天就發生這樣的事？

「小晨她在現場應該比較知道怎麼發生的，我聽那幾個小朋友說話都語焉不詳，連表達都不會！」而且都已經表達不清楚還搶著說，聽下來他只覺得複雜。

小林不客氣的凝睇著她，季芮晨無奈極了，只得先把情人們往前推，要他們別脫隊，跟上美代子！瞧大家都已經焚香祈福過了，等等就要進去廟裡了！

「妳看到什麼了對吧？窗邊那個女孩妳見過了？」小林沒好氣的問著。

「見過啦，穿著和服，不像是現代人，一開始盛菜餐爐著火時我以為是意外，但是當滅火器無效時我就知道了。」隱瞞無意義，季芮晨直接坦白。「因為那對兄弟一直在爭吵，我希望他們安靜，結果那女鬼就引火，最後還越燒越旺，不停的說最好燒光。」

「火災的罹難者嗎……」小林思索著。

「我看不是這時代的人，更久一點，她還穿著紫色的振袖。」季芮晨跟著拿過線香，也到了香爐邊。「我昨晚夢見了火災，漫天大火，整個世界都是一片火海，有古時的日本人正在救火。」

小林顯得很詫異，「預知夢？」

「那像是發生在過去的事情，可能有什麼東西希望我能產生連結。」雙手合十拜過後，季芮晨開始有樣學樣的撈著煙，這是一種祈福，將煙往身上攬，撈到哪兒哪個地方就會特別好。「例如，江戶大火！」

「江戶大火。」小林當然知道，日本線他已經跑過了，這是歷史上的重大事件啊！

季芮晨專注的撈著，希望這煙真能有神明庇護，此行平安，此行無恙，此行——轟！

香爐突然竄出大火，發爐般的向上竄燒，一堆人失聲尖叫，因為大家都在撈香煙啊！

『出て行け——』

小林立刻把季芮晨往後拉退，銀色的香爐果然發爐了，橘色的火燃燒著，嚇得遊客個個臉色蒼白！廟裡的住持趕緊前來，只是說也奇怪，發爐才幾秒，火勢居然又緩了下去。

只見住持手拿著佛珠低聲誦著什麼，恭敬的朝著香爐行禮後，禮貌的跟遊客們頷首致歉，表示現在已無大礙，大家可以繼續參拜；幾個遊客好奇的湊前，伸出手，香爐沒有再發生什麼事。

「沒事吧？」小林抓過她的右手，有些發紅，火舌燙的。

「嗯，嚇一跳而已。」她搖了搖頭，剛剛她聽到了什麼？

是日語的驅趕，對她說的嗎？她不被淺草寺歡迎嗎？才在深思，突然感覺到視線，抬起頭，剛剛那住持居然瞬也不瞬的凝著她。

季芮晨左顧右盼，發現住持是在看她沒錯，她尷尬的雙手合十行了禮，主持卻用詭異的眼神打量著她，小林也注意到了，師父眉宇間的凝重，相當讓人困窘。

「我不喜歡被人這樣瞧著，進去吧！」季芮晨旋身想逃，真討厭那種目光，彷彿她是怪物似的。

「等等！」住持果然開口！

季芮晨深吸了一口氣，回首望著他，不發一語。

「施主是遊客嗎？」住持擰眉，「或許寺裡不適合您。」

「什麼意思？」季芮晨流利的用日語反問，「我不能進入嗎？」

「施主身上極度不祥，只怕寺裡神明並不允許。」住持說得倒是直截了當，「敢問施主近來發生過什麼事？」

季芮晨咬了咬唇，多說無益。「你幫不上忙的，謝謝！如果日本神祇對我有意見，大可以阻止我！」

語畢，她扭過了頭，緊拉著小林就往廟裡去。

住持沒有再叫住她，而是眉頭深鎖的以大拇指扳動佛珠，像是內心有著極大的不安，仰首望天，再回身看向剛剛無緣無故發爐的香爐，輕嘆三聲，旋過身子急往正殿裡去。

被拉著進入廟裡的小林非常謹慎，日語他還算行，雖然不保證全然聽得懂，但是抓得到八分，住持的意思是淺草寺不歡迎小晨。

「妳不要等等被神明趕出來。」小林在她耳邊低語。

「怎麼趕？公然把我揮出去嗎？騰空飛出去就可以上新聞了。」季芮晨人都已經在廟裡了，尋找著美代子。「欸！往那邊去！」

趕緊追上團員們，團員們剛剛祈求過神明了，現在正按著美代子的解說來求籤，淺草籤是詩籤，非常有名，總共有一百支，支支都是詩，可以請人解詩，一共分成凶、吉、末吉、半吉、小吉、末小吉、大吉等七種。

小林小心翼翼的注意著裡頭的神像，日本號稱有八百萬神，如果八百萬神都不是很喜歡季芮晨的話，那她在日本會有點難過；可是另一個方面思考，如果八百萬神都注意小晨，或許厲鬼就無機可乘？

團員們好興奮的拿籤，熱鬧的到一旁去，美代子笑吟吟的走過來，他們並不知道剛剛外面的發爐狀況。

「小晨，也抽一支吧！」美代子鼓吹著，然後看向小林。「你也一起吧，都來到淺草寺了，一定要抽淺草籤吶！」

季芮晨本來就想抽，而且就算是大吉，她也要買個護身符回去，誰教日本的御守太可愛，精緻得讓人想買回去當紀念品！只見團員們都已經躍躍欲試，每個人都在買了。

季芮晨笑看著小林一眼，兩個人依樣拿著籤筒喀啦喀啦，搖下了籤號，便去按號取籤！

季芮晨抽到了第八十二號，小心翼翼的從籤盒中取了出來。

「火發應連天，新愁惹舊愆，欲求千里外，要渡更無船。」

凶。

第三章・櫻花下的重逢

櫻花季，粉嫩的櫻花處處開，上野公園裡滿滿的都是人，陽光普照，遊客眾多，但因為日本人相當守規矩且秩序良好，連帶影響到遊客，大家都相當平和，不管拍照或是賞花，都十分有秩序。

行程中就是由季芮晨輔助團員們去買午餐，也跟日本人一樣在公園賞花用餐，所以下午幾乎是自由行程，但季芮晨就待在公園裡的定點，有事情團員可以隨時找到她。

美代子在結束完上午的行程後就該走了，不過她也想跟大家一起用午餐，便挑了一棵樹下坐，拿出備妥的墊布，好整以暇的鋪妥；小林在一旁低低竊笑，他知道季芮晨應該沒有準備，想的只是席地而坐就好。

「笑什麼！」她扁了嘴，穿牛仔褲席地而坐很方便啊！

小林沒說話，只是帶著笑意坐下，瞧瞧美代子，完全優雅端莊，跪坐在墊布之上，還拿出餐盒，她果然有備而來！

團員們都在附近，像莊舒帆一家就坐在對面那棵樹，許家在比較遠，她還看得見，反正許芷凌到處跑到處拍，一刻不得閒，就是不願意跟父母待在一塊兒；張家不必找，只要聽那大嗓門就知道人在哪兒。

吃飯時間，大家都還在這個公園，她還得關照，等到用餐完畢後，大家便會解散，那時她倒不必顧得這麼累了。

手裡緊握著剛剛抽到的籤詩，她沒有給任何人看，也沒跟小林說，他問了，她只說保密才靈。

「有點熱，這附近應該有賣冰品的吧！」小林四處張望，「我去買點涼的好了，妳們在這兒等！」

「謝謝！」美代子禮貌的道謝，季芮晨只是微笑。

唉，小林前腳一走，她就有種鬆懈的感覺，緩緩張開手心，看見的字依然是「凶」。

「小晨，妳好像心情不好吶！」美代子咬著飯糰，擔憂的說。「發生什麼事了嗎？」

「沒有。」季芮晨趕緊重新捏緊籤詩，「昨晚沒睡好，所以有點累。」

「哦……」美代子點著頭，也不多問。

季芮晨思忖了一會兒，決定知己知彼，如果那個引發大火的女孩跟振袖大火有關，她就應該要了解那場火災。

「欸，美代子，我想問妳關於振袖大火的事情。」季芮晨突然也以跪姿轉向了美代子，說著標準的日語。「妳了解多少？」

「欸……」美代子對她的正經有點訝異，突然也挺直了身子。「差不多就是車上說的那樣！」

「有其他版本嗎？迷上侍童的那個女孩穿怎樣的衣服？她訂做的振袖是什麼顏色的？」季芮晨發現問這個好像沒什麼用，因為火裡的少女就像一團火。「還是還有什麼比較恐怖的傳聞？」

「這個嘛……有一種說法是，她是商人的女兒，春天時去賞花時，迷上了寺廟裡的侍童，回來後一直想念對方，才讓人訂做了一件跟飾童衣服顏色一樣的振袖，是紫綢。」美代子認真的回答著，「聽說她把縫製好的振袖掛在人形衣架上，每天祈禱可以再次見到那個侍童，但是再也沒有見過，隔年一月就過世了。」

紫色的？季芮晨很困惑，因為鬼魂少女都跟背景融合為一體，無法判定衣服顏色，「妳說她都用人形架子？沒穿過嗎？」

「傳說中是沒有，她可能把那個人形架子當作侍童，也可能是想像自己穿起來的樣子。」美代子慢慢說道，「不過之後的事，就有特別的傳聞了。」

「特別的？」季芮晨抖擻起精神。

「是，就是商人女兒死後，本妙寺將振袖賣個另一個女孩，聽說那女孩自從拿到後也沒穿過，也掛在人形架子上，然後瘋狂的迷戀某個人，總是對父母說她很想見到他，但是那個他是誰，少女卻說不出名字。」她頓了一頓，喝口茶再繼續。「後來那個少女瘋了，在街上四處抓著穿紫色和服的男性問是不是你，還曾經主動跟陌生男性示愛，最後被綁在家裡，不吃不喝，在隔年正月十六香消玉殞。」

季芮晨默然，她覺得這一點都不是普通的傳聞，越是野史的事，越有其真實性，只是扯到了瘋狂與鬼魅傳說，才讓真實的事件沉進了野史當中。

「第三個少女呢？也一樣嗎？」季芮晨擰著眉，那這樣在飯店裡看見的，是第幾個？

「不一樣。」美代子搖了搖頭，用一種很嚴肅的態度傾了上身向前。「聽說她穿上了振袖。」

咦！所以是第三個！

「穿上後就再也脫不下來，誰要脫她衣服她就歇斯底里，一直要大家去找穿著紫縐綢的侍童，只希望見他一面，說得語無倫次，也被歸類成失了心智，但是……」這個但是，美代子說得緩慢，聽得季芮晨好心急。「她堅持自己沒瘋，因為臨死前她的遺言是：快點找到他，否則我永遠無法自由！」

季芮晨瞪大雙眼看著美代子，第三個少女並沒有瘋……她被控制了，被哪個少女？第一個？還是第二個？厲鬼附上她的身體，操控著她的行為，逼她把侍童找出來！

「可是江戶城再大，這件事沒有傳開來嗎？沒有人試著去尋找那個侍童嗎？」在江戶時代，商人之子女也算是相當有錢的千金啊！

「有人阻止了！阻止了他們相見，不讓少女見到他，一直到她氣絕為止。」美代子幽幽搖首，「第三個少女最後死於同月同日，享年十七歲，這一次三個女孩的父母也知道不對勁，所以才想作法為孩子祈福，不料卻造成江戶大火。」

唉！季芮晨蹙起眉頭，為了一面之緣的侍童，搞出三條人命，而且都已經幾年了？快四百年的時光，靈魂還沒投胎，徘徊在這世間做什麼？十萬人都因為那振袖喪生在大火中，她怎麼還在？侍童也早就不在了，她究竟在執著什麼？

只是沉潛了四百年，江戶大火後就沒有什麼詭異的事件，一直到現在……季芮晨打了個寒顫——

因為她來了。

她緊握粉拳，是啊，因為負闇之力的到來，說不定原本虛弱有執念的鬼，因而變得更加強大，她得到了力量想要做什麼？

再找到那個侍童？難道她能知道他的投胎嗎？那個侍童再度投胎還是在日本？

不過怎麼想還是覺得不對勁的地方很多，飯店裡的少女是第一個還是第三個？第三個穿上了振袖卻脫不下來？但是她彷彿沒有被附身，因為意識清楚，一心要求自由解脫，脫離厲鬼的控制——那厲鬼該是第一個少女？

「傳說中有提到為什麼不讓侍童見她嗎？只是想見一面，又不是想做什麼，這樣的百般阻撓毫無意義啊！」季芮晨已經在想破解法了，厲鬼有所執念，就要完成她的執念，

「是她的父母阻止的嗎？」

「全江戶。」美代子語出驚人，定定的望著季芮晨，「整個江戶的人，都不希望他們見面！」

她的口吻有點激動，手裡握著飯糰捏了緊，季芮晨這才發現，她咬了這麼久的飯糰……怎麼幾乎還維持原形，根本還是完整的一整個！視線下移，那斟好的保溫壺杯蓋裡，依然是七分滿的茶！

季芮晨倒抽一口氣，瞪圓雙眼緩緩向後移了身子。「妳……傳聞知道得好清楚喔，連第三個少女斷氣前的遺言都知道？」

「她是高橋家的櫻小姐。」美代子道出第三位少女的名字，「非常擅長茶道，她最後悔的就是穿上那件振袖。」

「……妳怎麼這麼清楚？這不是傳聞嗎？」季芮晨笑得尷尬，已經把背包抱在懷裡，小林給她的護身符放在外袋，「妳該不會知道第一個商人的女兒叫什麼名字吧？」

美代子微微一笑，笑得嬌媚動人，帶著點羞澀，「瀨戶千紗。」

咦？電光石火間，季芮晨整個人踉蹌跳起，美代子到底是人是鬼！她為什麼這麼的這麼的……微風吹拂，為什麼她現在才看見美代子齊瀏海下是森黑的印堂！

美代子挺直著上半身，倏地就站了起來，簡直像表演特技似的，眼裡的黑色瞳仁開始無限擴大，像墨水一般染黑了眼白，粉色的唇嬌俏笑著，微微回首，看向了櫻花道。

遠遠的，可以看見許芷淩正在愉快自拍，依然不顧有沒有影響到別人，一邊後退一邊像是錄影，正巧撞到了其他遊客，七公分高的鞋子立刻讓她扭腳，整個人往下跌，然後有個人眼明手快的攙住了她，來人手上提著一個塑膠袋，裡頭想必是三瓶冷飲。

季芮晨有種神經斷掉的感覺，許芷淩今年……要滿十七歲，而小林今天穿著紫色的 POLO 衫！

「住手——」季芮晨激動的喊了出來，附近所有的日本人都轉了過來，但是美代子卻劃上自負的笑容，下一瞬間黑色的眼睛頓時翻了白眼，直接向後倒去！

哇啊！季芮晨手忙腳亂的趕緊抱住她，昏倒的人超級重，她根本拉不住，附近樹下的人趕過來幫忙。

可是、可是……她現在一點都不想照顧美代子，季芮晨慌亂的抬頭，她擔心的是遠在天邊的小林啊！

「沒事吧？」

小林將少女攙扶穩當，這女孩真是……無視於這麼多遊客的存在，自顧自的拍照錄影，才會撞到人。

「好痛唷！是誰不長眼睛啊！幹嘛擋路！」許芷淩一邊抱怨著一邊撫著腳踝，「搞什麼東西！」

「這條路上都是人，是妳倒退著走，誰會注意到妳？」小林不太滿意她的態度，「妳要拍要錄，應該找個沒有人的地方，難道整條路的人都要讓妳嗎？」

「欸，看到我在拍本來就要讓啊，要不然妨礙到我拍照怎麼……」許芷淩理所當然的一抬頭，卻在看見小林時怔了住。

哇，是領隊的「朋友」！好帥喔！陽光型男，又高大又帥氣，她沒想到是他耶！LUCKY！小晨跟大家說不是她男友，所以她可以跟他做朋友嘍？

「謝謝你喔！」她突然變得溫柔，眨著兩排假睫毛笑著，基本上小林看不太到她的眼睛在哪裡。

但是他還是禮貌性的回以微笑。

許芷凌突然顫了一下身子，像是被什麼東西撞擊到，雙腳一軟就往小林身上癱去！小林當然扣住她的身體，不懂這女孩怎麼會突然昏迷，像是被什麼打到一樣。

他因為她的重量蹲下身來，附近的人只是投以好奇目光，小林則趕緊試著搖她。

「喂，妳怎麼了？」他輕輕拍著她的臉頰，「聽得見嗎？哈囉？」

許芷凌倏地跳開眼皮，簡直像是把眼皮瞠到最大一般望向小林，那是一種受到極度驚嚇時才會有的神情，反而讓小林覺得不太對勁！但是幾秒後，她卻綻開了笑顏。

老實說，一個少女怎麼笑都該青春甜美，但是小林眼前的女孩卻笑出一種貪婪般的詭異，雙臂上抬，立刻攬住他的頸子。

「我終於見到你了！我真的真的好想你喔！」

咦？小林腦袋一片空白，日語？他錯愕的把許芷凌拉站而起，不客氣的扯掉她的雙手。「同學，妳太誇張了！放開！」

「我一直好想見到你！你不記得我了嗎？」許芷凌的手被箝住，焦急的掙扎著。「那天也是在樹下，你那時……」

「芷凌！妳在做什麼？」許安毅慌亂的插了進來，一把握住許芷凌的手。「妳在對一個陌生人做什麼！」

「放開！」許芷凌依然說著日語，「你們都阻止我跟他見面，為什麼！為什麼！」

他們又成了景點，所有的人都望了過來，小林完全錯愕，他完全不知道許芷凌怎麼回事，但是……誰阻止他們見面了？他根本不認識那女孩啊！

「小林！」季芮晨最終把美代子扔下，十萬火急的衝了過來。「她被附身了！」

什麼？許安毅聽見了，錯愕的望向季芮晨。「妳剛說什麼！」

「附身！」

「啊，了解。」小林聞言，動作迅速的轉過身，順手把原本戴在左手腕的佛珠，咻的套進了許芷凌的手腕裡。

「哇呀——」許芷凌驀地爆出一聲驚吼，仰頭看著天，雙眼一閉就倒了下去。

為了不再繼續惹人注目，小林不假思索的立刻打橫抱起許芷凌，季芮晨則跟大家行禮致歉，表示那是他們的朋友，精神上稍微有點受到刺激，請大家見諒；許爸爸聽不懂日語，只能跟著道歉，但是卻憂心忡忡的不停望著季芮晨。

「季小姐啊，妳剛說什麼附身？」才回身，他就追著季芮晨問。

「沒事的，我們先過去看她的狀況！」季芮晨四兩撥千斤，現在當然不是明說的時候，說不定等會兒許芷凌就醒了。

許媽媽早迎上前，小林一看就知道那是許芷凌的母親，長得實在太像；他將她抱到樹下，其他團員也都湊了過來，好奇到底發生了什麼事。

「剛剛好大聲喔，怎麼了嗎？」莊媽媽輕聲的問，「芷凌怎麼突然昏倒了。」在這個階段，季芮晨不做任何回答。「有人去幫我看了美代子嗎？她還好嗎？」

「還好還好！日本人叫救護車了！」張太太趕緊接口，剛剛他們家離這裡最近。「剛好這邊也有一個，一起載走！」

「什麼剛好！妳話怎麼說的？」張義德低聲斥喝。

餘音未落，張正賢硬是鑽了進來，興奮的看著許芷凌。「她死了嗎？」

季芮晨不由得瞪向他，這是時下年輕人的問候法嗎？後頭的張義德狠狠一巴掌就巴上他的頭，他又怒吼的哀叫。

哎，別吵了行嗎？

「芷凌啊！芷凌！」許媽媽憂心忡忡的喚著女兒，「這到底怎麼回事，她不是好好的在拍照嗎？」

「不行的話就送醫院吧？」小林做了決定，反正救護車都叫了。

只是話才說完，躺在地上的許芷凌再度睜開雙眼，微蹙著眉，做了一個深呼吸！父母焦急的把她扶起，只見她困惑的左顧右盼，望著圍著她的團員們，露出嫌惡的態度。

「幹嘛窩在我旁邊啊，欸你！」她指向張正賢，「我穿短褲耶，你在我腿邊做什麼？」

「拜託，哪有做什麼！妳以為妳正妹喔！」張正賢嗤之以鼻的說著，「也不看看自己妝化得多濃，醜八怪！」

「你說什麼！」許芷凌尖吼著，「你給我再說一次！」

「張正賢！」張義德又開始分貝比賽了。

「停——」季芮晨這次很快的站起身，亙在大家之中。「這裡是公共場合，請自重。」

「咕，又來什麼公共場合，人老是要在意這麼多也太無聊了吧！」張正賢不以為意的甩頭離開，他才不想管別人怎麼樣呢！

沒人想理他，小林只是專注的看著許芷凌，注意她是否有異樣。

「搞什麼……我為什麼在這裡？」許芷凌舉起自個兒的右手撫著頭，「咦？這什麼東西？」

許媽媽趨前一看，也很狐疑。「佛珠是……」

「我的。」小林打量著許芷凌，看起來並無異狀，動手取過了她手腕上的佛珠。

許芷凌凝視著小林時，露出有點和善的神情。

「妳是怎麼了？嚇死媽媽了！」許媽媽好不容易鬆口氣，「妳就乖乖吃鰻魚飯吧，先吃完再去拍好嗎？」

「囉唆！我愛不愛吃我的事，妳能不能閉嘴！」許芷凌啪的甩打掉許媽媽的手，「什麼都要管，妳不累我都累了！」

「許芷凌！妳在說什麼！怎麼可以這樣對妳媽說話！」許安毅終於怒了，季芮晨都快激動的鼓掌了！「道歉！」

「我為什麼要道歉啊！你們兩個囉哩叭唆得要死，不要以為自己是爸媽就多了不起，我可沒有拜託你們生下我！」許芷凌倏地站起身，拍拍身上的灰塵。「成天只會管我交朋友連我本來要跟同學一起過十七歲生日都硬被拖來這無聊的旅行！要管我念書也要先看看自己是什麼樣子，憑什麼啊你們！」

許安毅不可思議的望著自己的女兒，握拳的雙手開始微顫，芷凌……他們寶貝的獨生女怎麼說得出這種話啊！

「妳話說得太過分了！」

莊舒帆一個箭步上前，直接擋住了許芷凌，溫柔的面容依舊，但是她眼底像是冒著火。

季芮晨有點忍無可忍，但是小林輕瞥了他一眼，她是領隊，不能攪和進去，至少目前的狀況不適合；許芷凌的父母都還在這裡，他們如果不管自家的孩子，外人也沒權。

更何況領隊是負責帶這個旅遊團的，不能介入他人家務事！

「高材生，關妳什麼事啊？我家的事妳少管！」許芷凌不屑的白了莊舒帆一眼，開始尋找手機。「我手機咧？喂，老頭，是不是你拿的？」

許安毅全身都因為悲傷而顫抖，手上正握著她的手機，許芷凌一把搶下，極度氣忿。

「住口！他們是妳爸媽耶，妳怎麼可以這樣說話？」莊舒帆指向了許芷凌，「就算再多的不滿，妳也是他們含辛茹苦養大的，沒有他們妳連活都活不下去，跟妳爸媽道歉！」

啪！許芷凌以迅雷不及掩耳的速度直接刮了莊舒帆一巴掌，大家都措手不及，而且她甚至立時將莊舒帆推倒，打開了一條路，筆直朝外走去。

「我沒事！」莊舒帆一倒下就舉起右手示意，她不需要任何人扶。「去看看她吧，她手好冰，像冰塊一樣！」

冰？電光石火間，季芮晨立即追跑上前，只見許芷凌筆直走到隔壁觀望著的大樹下，站在某家錯愕的人們面前。

結果有個人跑得比她還快，許安毅火速衝上去，一把扳過了背對他的許芷凌，就是狠狠一巴掌。

「混帳！我們從小到大都疼妳，到底對妳哪裡不好！哪裡虧待妳了！怕妳餓著怕妳冷到，還有個家讓妳遮風避雨！」許安毅在哭，漸而止步的季芮晨只覺得鼻酸。「比起無家可歸的孩子，比起那些在恐懼與暴力之下成長的孩子，妳什麼都不缺啊！」

許媽媽跟著踉蹌走上，她什麼話都說不出來，因為心碎。「妳到底要什麼？我們這麼愛妳……妳到底還要什麼？」

許芷凌緩緩的舉起手，抹去剛剛被打出的滲血，正首看向了許安毅。

「我要他。」許芷凌右手直指了前方，順著方向望去，季芮晨看見的是站在她身邊的……小林！

而許芷凌的右手上，居然擎著一把水果刀！

「為什麼要阻止我！」她左手一把抓過許安毅，右手的刀子直接捅進了他的肚子裡。

「煩死了！」

在浪漫的上野公園裡，櫻花若雨，出現了幾秒鐘的震撼與沉默，當許安毅倒地，鮮血染紅他的腹部後，尖叫聲旋即爆出，騷動遂起，所有的人開始尖叫逃亡！

「每個人都一樣，我只想見他！憑什麼阻止我！」許芷凌瘋狂的抓住經過她身邊的路人，就是一陣猛刺。「你們全部都去死！誰妨礙我，就別想活！」

「哇呀——」

所有遊客尖叫逃竄，季芮晨覺得腳底一陣冷，幾乎動彈不得；看著她抓到人就捅，鮮血四濺，她卻笑得殘虐與得意！

「快跑！往她的反方向跑！」她回首朝團員大喊著，「都不要發呆了，跑啊！」

小林一步上前拉過了歇斯底里的許媽媽，直接往後拖。「妳不能過去，過去她會殺了妳的！」

「不不不——那是我的寶貝孩子，那是我的芷凌！她不會這樣的，她怎麼可能會殺爸爸！」許媽媽連站都站不穩，小林直接將她半拖到一旁，張正賢目瞪口呆。「喂，你揹著她跑！」

張正賢突然回神似的看向許媽媽，立刻嫌惡的搖頭。「我為什麼要揹她——」

「叫你揹你就揹！快跑啊！」小林邊吼邊回頭，許芷凌正抓過一個學生模樣的女孩，拚命的戳著她的頸子。「再慢她連妳一起殺！」

張正賢緊張的喘著氣，一骨碌揹起半暈厥的許媽媽，張義德大聲吆喝，還是等著兒子一起逃離。

「馬的，超帥的！」

在他掠過季芮晨身邊時，她卻聽見了讚許的話語。

什麼……她不由得回首看著壯碩的背影，剛剛張正賢說什麼？覺得許芷凌這樣殺人很帥？這是什麼邏輯啊？

季芮晨跟小林只看了一眼，他們不能逃，許芷凌已經朝前方走去，他們必須追上去，因為那不是許芷凌，而是瀨戶千紗！

公園裡的人一下就逃光了，但是許芷凌也在奔跑，她抓一個殺一個，一路往南邊去，一路上都是屍體跟血跡，每一個遭到毒手的人身上都不止一刀，幾乎是被亂刀捅爛的。

「附身是怎麼回事？」邊追人，小林還有空問。

「我們的導遊不知道什麼時候被附身的，她說她就是振袖大火那個傳說中，第一個戀上侍童，鬱鬱而終的女孩，瀨戶千紗！」邊跑，她開始覺得氣溫降低了。「話說完她就看向你，接著就倒下去了！」

「看我？關我什麼事？」小林這可冤了。

「那個侍童那天穿紫色的啊！你、你沒事穿什麼紫色！」

「喂，怪我喔！」小林邊說，忽然一個寒顫。「等——」

她伸手拉住了季芮晨，兩個人站在空無一人的花道中，前面不遠處有個躺在地上的屍體，雙目瞠圓死不瞑目，胸口被戳爛了，鮮血橫流，怎麼看，都不滿十歲。

而再往前，就是呈大字型站在那兒，渾身是血的許芷凌。

「他們的錯，他們不該阻止我們相見的。」許芷凌果然開口就是日語，「我只是想跟你在一起而已。」

「她進階了，剛剛明明說只是想見你一面。」現在變成在一起了。

「噢！我好想你，我從那天在樹下後就迷戀你，你知道的對吧？那天我們——」

「妳為什麼要殺掉她的父親？妳只是附身在這個女孩身上而已，憑什麼殺掉她的父親！」小林氣急敗壞的趨前，打斷了許芷凌的陶醉。「妳有想過這個身體的主人會怎麼想嗎？妳都已經死了，憑什麼……」

「這個身體的主人？」許芷凌勾起笑容，接著是狂妄的大笑。「她會很高興的，她內心渴望殺掉父母啊！」

什麼？季芮晨怔了住，這是哪門子的說法？

「胡說八道！」小林低叱。

「她想啊，不只她想，好多人都想，囉唆的父母、管太多的父母，我要換新的手機為什麼不給我換？我要跟同學出去玩為什麼不給我錢？為什麼拿錢還要看他們臉色？」許芷凌瞠著眼睛說著，她醒來後沒有眨過眼。「最好都去死！她心裡頭拚命喊著，為什麼不去死，給我一個沒人管又有錢花的生活！」

小林沒有再反駁，他突然體會到，這可能是青少年的叛逆期，而厲鬼……回應了許芷凌的想法。

許芷凌踏著高跟鞋走了過來，一步、兩步，她滿臉滿身都是黏膩的鮮血，別人身上的血，讓她看起來特別駭人。

「我等了好久，終於等到可以動彈的時刻。」這句話，深深的刺中了季芮晨的心。

「我苦苦尋找，我心中的愛戀……」

「那不是我，妳已經死了三百多年了。」小林冷冷的回絕著，「妳應該看得出來，這世界不是過去的江戶了，這裡現在是東京。」

「無所謂，我只在乎我要的人。」許芷凌泛出溫柔的笑，刀子還緊握在手，黏膩的紅血從她的手上流下刀尖，從刀尖滴落。「我喜歡你！」

「我不喜歡死人，不喜歡鬼，更厭惡濫殺無辜的人。」小林擰起眉，朝著許芷凌伸出手。「把這個身體交出來！」

許芷凌斂起笑容，眼神往季芮晨這邊看過來，她微凜，因為那瞬間的眼神殺氣騰騰！

「因為她嗎？她是你的誰？」許芷凌兇狠的瞪著她，「你只能有我一個人——」伴隨著大吼，許芷凌直接舉著刀衝了過來！

小林飛快的擋到季芮晨面前，手裡早就備妥了符紙，準備在許芷凌衝上前時貼上她的手，驅走其體內的怨魂！

「走開！」誰知還沒來得及英雄救美，季芮晨一把就推開了他——她擔心的就是這種情況，小林會因為她陷於危難當中！

小林被一把推開，踉蹌的撲倒在地，耳邊聽著的是許芷凌尖聲嘶吼的聲音，回身慌張的看過去時，刀子朝著一動也不動的季芮晨頸子刺去。「小晨——」

然後，許芷凌的高跟鞋踩到了地上那孩子流出的鮮血，腳底一滑，腳踝跟著拐去，整個人立刻往前跌了一大跤。

曲著的手臂著地緩衝身體的衝擊，但是她忘記自己手上拿著刀。

她的身體插進了右手的刀子裡，直接從頸子右方穿過了左方，措手不及，她連尖叫都來不及。

「啊——」就只有虛弱的抽氣聲，她顫抖著向上望著近在咫尺，明明可以一刀刺進的季芮晨。

「我是 Lucky Girl。」季芮晨低首望著她，也像在對著驚愕的小林解釋，所以她不會有事的。

就算車子撞爛了，她也會是唯一生還者，就算飛機爆炸，也會在殘骸裡找到毫髮無傷的她。

她是負闇之力的來源，只是……只是千紗似乎還沒搞清楚這一點。

「啊啊……咳！」她顫抖著身子，吐出一大口鮮血，頸動脈被自己刺斷，血液泉湧而出，她只能緩緩的轉向左邊，望著坐在地板的小林。「我……我愛你。」

「妳搞錯人了。」小林斬釘截鐵，用最冷漠的口吻回應她。

「我們……會再相遇的……」她泛起笑容，冷不防的又補了自己一刀，將刀子插得更深。「總是如此……」

剎那間衣袖飛舞，一抹影子竄出許芷凌的身體，微風徐徐，吹落了許多花瓣，而紫色的振袖就在粉色的花裡現身。

少女婀娜的半浮在空中，用幸福甜美的眼神與笑容望著站起身的小林。

季芮晨連連後退，這少女現在是鬼不是人了，她不確定自己的幸運程度有沒有包括厲鬼，就算她是負闇之力，也只是助長厲鬼更猛，等於他們力量更加龐大，但不代表傷不了她。

通常厲鬼知道力量來源是她，所以不可能動她一根寒毛，但現在這隻不同以往。果不其然，小林一拒絕，她立刻就正首瞪向季芮晨，二話不說啪嚓衝至，季芮晨步步驚退卻根本不及鬼的速度，只是有影子更快的擋在她的面前。

櫻花片片，另一個穿著粉色振袖的亡靈直接擋下了千紗。

『滾開！』小櫻厲聲叱著，『不許妳碰双ちゃん！』

千紗顯得很驚異，來不及說些什麼，小林已經把八卦鏡轉而朝向了她。

『呀——為什麼？』千紗驚恐竄逃，一眨眼溜到樹的後面去。『你變心了！』

「變你的鬼！」小林順著聲音照去，但是千紗竄逃的速度太快，躲得也太好。

『小晨，妳們在結界裡，妳得去把結界切掉，警察都已經到嘍！』Kacper 出聲提醒，『妳得往後走出那棵樹。』

小林聽見了，驚奇的望著季芮晨。「結界一除，她暫時沒有容身之處。」

『為什麼？我那麼那麼的愛你！』千紗嗚咽的哭著，『你是在傷害我嗎？我真的一心只有你！』

小林不想跟她爭辯，季芮晨深吸了一口氣，回身加快腳步，跑出身後五公尺的距離，一穿過樹，有種像在高空飛機上的耳鳴感傳來，緊接著她聽見警笛聲！

「不許動！」一堆警察才慌張，為什麼有女孩突從花道上衝出來？剛剛沒人啊！

季芮晨立即舉高雙手，趕緊高喊。「我不是兇手，兇手在裡面，她已經死了！」

所有警察眼睛漸而清明，他們看見剛剛明明沒有的男人身影，正高舉著雙手，放到頭後面，緩步蹲下來，視線看向地板上的女孩。

淚水盈滿許芷凌的眼眶，她的抽搐在剛剛停了，顫抖的唇虛弱的啟合，沒有聲音，但是小林讀得出那簡單的唇語。

爸爸，對不起。

第四章・陰の雨

上野公園殺人事件一下子就傳開，尤其兇手是國外觀光客，死者卻是日本民眾，立刻發展成國際事件！

這樁慘案一共造成七個人死亡，其中甚至包含兩名壯漢，研判應該是措手不及，且兇手第一刀就刺進要害所致；只是初步勘驗死者傷口，發現刀刀見骨，兇手使用的卻只是普通切水果的水果刀，並不至於如此鋒利，由此可知兇手力道非常大。

但是兇手卻是個身高只有一百五十二公分，體重四十公斤的瘦弱女孩，從何而來的力道令人匪夷所思，兩名壯漢也是因為第一刀就刺破肝臟，再接連受到強大重擊，毫無反抗之力。

據現場目擊者表示，原本兇手似乎在跟家人吵架，突然從容走向一旁賞花民眾，二話不說搶過水果刀後，就衝向了第一個被害者，後經證實是兇手的親生父親。

接著兇手瘋狂隨機刺殺民眾，她甚至奔跑以抓獲任何一個路過她的人，對著頸部、胸口就是一陣猛戳，最後連小孩子都不放過。

而最諷刺的是，當該旅行團領隊意欲阻止時，兇手依然準備痛下殺手，卻被地上的血跡絆倒，失手將水果刀刺入自己的頸部。

震驚國際的新聞一報再報，季芮晨坐在警局裡看著電視，已經無法想像未來的日子，至少台灣媒體不會這麼輕易放過她，他們會去挖她的過去、挖她曾帶過的團，接著就會挖出可怕的真相。

她實習帶過的團發生過什麼事，尤有甚者，說不定還能挖出之前跟團的事情，畢竟每件事都登記在案！

天哪！季芮晨忍不住雙手掩面，她乾脆就此流亡海外算了！

「咖啡嗎？」身邊男人坐下，手裡端著兩杯熱騰騰的咖啡。

「給我酒讓我醉死算了！」季芮晨放下手，還是接過了咖啡。「你做完筆錄了？」

「嗯，照實說，只有她被附身這段跳過而已。」

季芮晨扯了嘴角，這若說出來，進醫院的就是他們兩個了！她做完筆錄後就在走廊等候，現在警局外頭鐵定是如食人鯊般的媒體記者，出去根本等於自投羅網。

手上的手機微震，LINE的訊息一條又一條，台灣旅行社傳給她要她放心帶團，其餘公司會處理，然後就是日方導遊美代子告訴她團員的狀況。

「團員們如何？」小林輕鬆自若，彷彿知道她的訊息是什麼。

季芮晨瞥向他，「團員？這說不定是我男朋友傳訊息來關心我！」

「妳沒有男朋友。」小林斬釘截鐵，「連我妳都能躲成這樣了，怎麼可能會有男朋友！」

餘音未落，季芮晨使勁推了他一下，煩！「警方問完後就讓他們離開了，美代子接手幫我處理。」

「她醒了嗎？記得多少？」

「她說餐廳失火後，她只記得她逃到樓下跟大家會合，然後醒來時就在醫院了。」美代子一醒，就急著聯絡她，因為她記憶空白一大段。「我先請她到警局幫我集合團員，帶回今晚下榻的飯店休息，請他們暫時不要外出。」

「唉，搞成這樣，又不必玩了。」小林無力的向後靠著椅背，「是說那女孩到底想做什麼？為什麼我莫名其妙變成她思念的對象？」

季芮晨認真的瞅著他，微噘起嘴，然後重重嘆了一口氣。

「誰教你長得帥！」這句話她說得異常無奈。

但小林卻亮了雙眼，頓時直起身子，眼底裡難掩欣喜，嘴角甚至勾起笑容，很開心的逼近她。

「妳也覺得我長得帥嗎？」這口吻充滿期待。

「欸，這是重點嗎？你就是長得好看，而且什麼顏色不穿，為什麼今天穿紫色的啦！」季芮晨邊說邊拉起他的 POLO 衫，「那個少女傻傻搞不清楚，挑個紫色帥哥就是了！」

「我怎麼知道不能穿紫色……」小林倒挺委屈的，低頭望著自己的衣服。「我只知道我穿紫色不錯看耶！」

季芮晨鼓起兩個腮幫子，沒好氣的瞪著他，都什麼時候了，為什麼他還在著重奇怪的事情！

「帥！好看！帥哥～你要知道事情還沒完，不是每種豔福都能消受的！」季芮晨撫著太陽穴，真的好煩。「我好想就這樣消失，不要回去跟團員見面，也不要回台灣！」

「怕什麼？」小林居然失聲而笑，「這不是妳選擇的路嗎？」

咦？季芮晨顫了一下身子，瞪圓雙眸緩緩看向身邊的小林，他正用溫柔和煦的眼神看著她，嘴角輕佻，彷彿他什麼都知道……不，他真的知道。

「選擇什麼路？」她嚥了口口水。

「妳繼續帶團那一瞬間起，就已經選擇了未來要走的路，妳選擇面對命運、接受命運，而且走自己的人生。」小林瞥了眼電視，「團員可能會出事，會上新聞，這是遲早的事，妳該想到。」

「我不認為每次都會這麼衰，不可能每個團員都有黑暗過去、都會招惹厲鬼，都會被抓交替……」季芮晨越說越激動，雙手緊緊握著飽拳。「是，我沒算到……就像我沒料到我的團員會變成加害者。」

每次都是脆弱的人因故招惹厲鬼，進而發生一連串的事件，但這一次卻是厲鬼自己找上門來，而且團員還成了連續殺人案的兇手。

「她只是被利用了，她其實一點都不想傷害父親。」小林低聲說著，「我看見了，她斷氣前哭著說對不起。」

季芮晨抬起頭，難受得說不出話，小林緊握住她的手，有時候僅僅如此就能給人無限安慰！她需要時間再沉澱一下，關於自己、關於再度闖進她人生的小林，關於這個振袖少女。

「記者要挖事情，我也跑不掉，妳不必擔心。」小林還有閒情逸致開玩笑，「吳哥窟跟波蘭可都是我帶的團，妳別忘了。」

「咦……那、那是因為我！」對！她怎麼沒想到，如果媒體真的去挖新聞，首當其衝的說不定是小林！

小林笑而不答，對他而言，這似乎沒什麼大不了的！季芮晨無法理解，如果沒有另外的重大新聞出來，媒體便會深掘，最後小林連工作都會失去。

幾個警察走了過來，手裡拿著巧克力條，微笑的遞給他們，他們連聲說謝，更謝謝警方願意讓他們躲在裡頭。

「我想還要好一陣子，媒體都在外面。」日本警方客氣的回答，「等會兒我們再買便當進來。」

「啊……真的很不好意思！」季芮晨立刻站起，九十度鞠躬。「太麻煩你們了。」

「不不，這是應該的，錯也不在你們。」警察趕緊回禮，請季芮晨不要這樣。「只是很難想像那少女會突然瘋狂啊！」

電視上又報導出許芷凌的照片，但是打了馬賽克，名字也以代號處理……是啊，她未成年，不能報導出來，但是許安毅就是全名跟清楚照片了。

「不過很奇怪，你明明就不認識她，為什麼她會說喜歡你？」其他警察打量著小林，「你們真的不認識？」

「我是來找她的，真的不認識兇手！我們也不知道為什麼會發生這樣的事……她跌倒時我的確扶了她，她就……」小林噤了聲，表情相當尷尬，雖然很抱歉，但必須把許芷凌定位成怪異瘋狂者，因為厲鬼之事不能提。

「太玄了，還有人聽見她在刺殺人時大喊：誰教你們要阻止我們相見……而且還用日文！」而經許媽媽證實，許芷凌根本不懂日文。

季芮晨只能陪笑，她還能說什麼。

千紗的心態完全是一副被活生生拆散的戀人，彷彿她與侍童深深相戀卻被阻止，乃至於陰陽相隔；由於這都是傳說，沒有人知道四百年前的真相，唯一能被證實的只有江戶被燒盡而已。

但是，有一點她沒有忽略，就是那個千紗一直在「回應別人的希望」。

在餐廳時她希望張家父子不要再粗嘎大吵，千紗就引了火，甚至燒掉一層樓；而許芷凌的狀況亦然，她嫌父母囉唆，厭煩伸手要錢，總是巴不得父母去死，千紗就回應了她這個希望。

可是青少年的叛逆期總會這樣，父母像是阻礙者一般，他們厭惡限制，重視朋友，某方面而言離中國孝道標準非常遙遠，多數青少年在這個時期不只反抗、還會跟父母作對，而且把自身想享有的一切視為理所當然，更不懂得惜福的道理。

許芷凌的心態司空見慣，但那多半都只是為反抗而衍生出的想法，並不一定是內心的真實，也鮮少人會主動去做，等到叛逆期過了，人格發育成熟，回首看叛逆期總會莞爾。

可是，千紗卻選擇完成許芷凌這時期根本不成熟的「願望」。

是否因為她一直得不到想要的東西，所以就來完成他人的願望呢？可是她為什麼不挑點好一點的圓夢？許芷凌應該也希望自己再更美一點、或是希望豐滿一點吧？

難道厲鬼就是厲鬼，泯滅人性得只想見血嗎？

「事情還沒完，我們不該待在這裡。」季芮晨絞著雙手遲疑，「但是這樣走出去根本是白痴。」

「還沒完，是啊，那個女鬼說了我們會再見面的。」小林無奈搖首，在江戶大火前，那件振袖被轉賣了兩次，兩個少女受害。

也就是說，千紗會再進行附身。

話是這麼說，但是他們沒辦法出去，就算是後門也有媒體守候，簡直是天衣無縫的阻擋。

季芮晨很想讓Margarita他們幫忙，但是警局裡正氣強大，儘管有她的負闇之力，但Margarita他們還是會不舒服，所以只能在外徘徊。

喀噠。細微的聲響從右方的走廊傳來，季芮晨好奇的傾斜身子察看，卻只看見一條無人走廊而已。

沙沙沙，奇怪的聲音接連出現，又是那條走廊，季芮晨再度移了身子想看，卻突然被小林扳住，一把拽回。

「咦？」她還丈二金剛摸不著頭腦，小林卻嚴肅的搖了搖頭。

「別看。」他低聲說著，下巴指了指電視。

電視？季芮晨正襟危坐，定神一瞧，在新聞台裡看到旁邊打出的字幕，寫著：「很快就讓你們出去。」

這什麼？他們緊握著彼此的手不敢輕舉妄動，那行字只有他們看得見而已嗎？而且還像台灣的跑馬燈節目一般字幕繼續移動。「請從後門離開，離開後全力往右跑去，就是JR線。」

季芮晨打了個寒顫，她不喜歡這種感覺，又是千紗嗎？她又在回應她的願望嗎？她要怎麼讓媒體離開？難不成再次屠殺嗎？

說時遲那時快，天空突然出現了眩目的閃光！

咦？銀光閃閃，季芮晨跟小林不約而同的回首，內外一陣驚叫，緊接著啪嚓——警局的燈全暗了，所有電器全部大斷電！

然後可怕的雷鳴聲轟然而至，伴隨著下一道刺眼閃電，又一道、再一道，雨滴落在屋簷上，滂沱大雨瞬間降了下來！他們可以透過窗戶聽見媒體記者們到處躲雨竄逃的聲音，護著攝影機的、護著麥克風的，還有一堆電線什麼要處理，雷鳴陣陣，絲毫未曾稍歇。

就是現在！

「我們該走了！謝謝你們！」季芮晨一骨碌跳起，「有事請儘管聯絡我們！」

警察還在為電腦當機苦惱，他們莫名其妙這麼一句，他們誰都來不及反應，就只有長官愣了幾秒，揮揮手要他們快從後門離開。

這場雨跟雷電也來得太是時候了，現在絕對沒有媒體有時間在外面等人，站到窗邊，看見的是到處奔跑躲雨的人們，還有這雨勢大到形成水霧，街上已經朦朧一片了。

小林抓著季芮晨往走廊底跑，只是才剛跑到後門，就赫見一個不該存在的身影，嚇得季芮晨差點失聲尖叫——有雙腳藏在黑暗的角落裡，真的只有一雙腳，小腿以上什麼都沒有，腳上全是焦黑的痕跡，腳前斜擺了兩把傘。

「他……好像是要我們帶傘。」季芮晨伸長了手，顫抖著拿過兩把黑傘。

「謝謝。」小林誠懇道謝，打開門讓季芮晨先閃而出。

雨真的非常大，又急又猛的打在傘布上，都怕傘布會迸解，探出後門時果然外頭巷子媒體都躲雨去了，他們立刻拔腿就跑！

路上已經沒多少人，但還是有人在狂奔，季芮晨將傘壓低，照著電視上的說詞往左邊走，JR 地鐵就在前方不遠處，進了地鐵就安全了！

只是低垂著頭拚命趕路的他們，總感覺身邊一直也有人跟著在奔跑，季芮晨悄悄抬起傘緣，果然看見有個人根本就走在她身邊，還有些踉蹌不穩……而且，赤著腳？

咦？她將雨傘拿直，看見的卻是個沒有任何傘具，白髮蒼蒼的老婦人，下一秒她就往前不支倒地，季芮晨趕緊伸出手攙住，另一手緊緊握著傘為婦人遮去雨勢。

「不要緊吧？」她吃力的撐著，小林沒有注意到她停下來了，因為他們趕路時只看得見腳底下，雨聲隆隆也聽不見。

老婦人顫抖著身子抬起頭，渾濁的白色眼珠望著季芮晨，兩行淚滑了下來，蒼老的臉上開始出現黑色的斑點，急速蔓延，季芮晨僵硬著身子看著老婆婆的臉，那不是斑，那是……

劈啪，臉部的肌膚散發出焚燒的焦味，老婆婆的皮膚一路被燒蝕乾裂，白髮發出惡臭，大量的焦黑而縮短！

『為什麼？』老婆婆抓著她的手也開始出現焦塊，被燒焦的皮膚萎縮皺褶，越燒越乾。『為什麼……』

皮膚了。

「不……」季芮晨動手要甩開老婆婆，但是老婆婆抓得好緊啊，指尖都快刺進她的

火彷彿燒到老婆婆的眼睛，白內障的眼球蒙上一層黑灰，下一秒鐘居然迸的爆裂開來！

「不關我的事啊！懂了沒有？」季芮晨使勁喊著，一骨碌推開了老婆婆！

一旁有人衝上來，一把扯掉她的傘，季芮晨措手不及失聲尖叫，大雨瞬間澆淋了她全身，而眼前的老婆婆大聲哀號慘叫，在大雨的沖刷下漸而消失！

消失前，季芮晨眼睜睜看著那面容成了一具慘叫中的焦屍。

雨水讓她看不清楚，不停的抹著臉，雨大到在她臉上形成瀑布，小林緊皺著眉與她共撐一把傘，再繞到她身邊去拾起剛被打掉的傘收妥。

「黑傘會召喚亡者，他們能出現在傘下。」他低咒著，警局那傢伙擺明是故意的。

季芮晨喘著氣，抬首一瞧，小林的傘沒有好到哪裡去。「你這還不是一樣。」

「不一樣。」他笑著，晃晃傘柄，他居然在握把處繫了護身符，紅繩晃盪。

她鬆口氣，小林大膽的伸手攬過她，與她共撐一傘，將另一把黑傘往最近的垃圾桶邊斜放，繼續往JR站前進。

只是不算長的路程卻阻礙重重，他們才沒走幾步，就看見在雨裡浮現的身影越來越多，他們從半透明到實體化，數量多到像是這兒辦了什麼嘉年華會！

仔細瞧，每個人都穿著江戶時代的衣服，他們在尖叫、在逃竄，在仰天求救，痛苦而狼狽的在街上奔跑或是哀鳴，有的人趴在地上，懷裡還緊抱著家人，痛苦的在地上打滾。

『為什麼？』有人朝著她走來了，『告訴我為什麼！』

他們目睹著江戶大火中的百姓，被大火焚燒的情景，或走或跑的以她為圓心湧來，小林見狀不對，摟得她更緊，加快腳步的往前疾走，閃過一隻又一隻如黑炭般的手！

「走開！」有人逼近，小林立刻手打結印，背著簡單的幾字咒語，將那亡者硬生生打飛，落進水裡成了一堆碎炭。

「他們……為什麼要追著我們！」季芮晨厭惡的喊著，「走開啊！不要碰我！」她手忙腳亂的一邊翻出背包裡的佛珠或是護身符，這種時候不戴怎麼行？這些亡者為什麼度過四百年還沒升天？為什麼還在街道上飽嘗火災之苦？而且為什麼針對她！？

『我的孩子！我的妻子！』一個粗漢衝了過來，他全身突然燃起了火。『求求你快救救她們啊！』

小林忙著在驅趕右手邊的亡者，根本無法顧及左手邊的季芮晨啊！著火的手握住了季芮晨，她直接被拖出傘下——「哇呀！小林！」

「小晨！」小林甩開了傘，及時抓住了她的右手！

而一陣銀光閃過，軍刀出鞘聲鏗然，俐落的斬斷了抓住季芮晨的那隻手，她因反作用力跌回小林懷中，他嫌惡的把那隻還在焚燒的手抓起扔掉。

在雨霧當中，出現了好幾個影子，團團包圍了跌坐在地的季芮晨跟小林，為他們築起了一道牆，阻隔了滿街上燃燒著的亡者。

身著軍裝的 Kacper 小林在波蘭時便看過，他英姿颯颯的舉著軍刀開始砍殺蜂擁而至的亡者，而另一個紅髮豔麗的女人讓人驚訝，她風情萬種，嬌媚萬千，但是一隻手就能把一個鬼的頭給擰斷，活活摘下。

還有一個穿著日式武道服的少女，她手舉武士刀，凌厲的向亡者喊話。

『退ける！這不是你們可以侵犯的人！』小櫻中氣十足，『你們都已經在江戶大火時被燒死了，不該徘徊在人世間！』

『為什麼我們要死？為什麼會發生大火？』亡者回應著小櫻，『我孩子就要出生了，我的小孩……』

那婦人哭喊著，撫著微凸的肚子，而大火無情，燒死了她，也燒乾了肚子裡的幼兒。

『那是千紗的錯，因為住持要燒燬那振袖，所以……』

『不！那不是實情！並不是！』亡靈們齊聲駁斥著，『那不是意外，那根本是屠殺！』

咦？被小林緊抱著的季芮晨愣住了，屠殺？

『小晨，起來！』Kacper 走回她身邊，軍靴的足音喀喀清脆。『你們得往車站走，離開這場雨。』

小林仰頭望著 Kacper，他實在很難否認這個亡靈的帥氣！他先起身，再拉起季芮晨，大雨讓他們又濕又冷，不停的打顫。

「鬼打牆了對吧？」小林環顧四周，「我剛剛就注意到沒人了。」

『那個老婦是誘餌，小晨上了當。』Kacper 點了點頭，『這是陰之雨，亡靈都會在雨水的滋潤下爬出。』

「陰之雨……」季芮晨對這名詞陌生，「這場雨讓亡者得以行動嗎？又是因為我嗎？」

『不是。』Kacper 鄭重的搖頭，『這種雨是亡者為妳下的，所以自然會召喚亡者，連我們都能輕鬆的現身。』

雷電交加，大雨傾盆，這個天氣居然是亡者為她下的？為什麼？是為了讓他們可以離開警局不必被媒體追殺？還是為了要引他們到這雨中！

「居然是貨真價實的『陰雨』連連！」小林緊鎖眉心，「好，我們繼續往前，那這邊就……」

『我們會護著你們，一起行動！』Kacper 回身，『Margarita！小櫻！Tony……你出點力好嗎？』

『我在看書嘛！』又是只聞其聲不見人影，季芮晨習慣了，Tony 喜歡聊天，但討厭打架跟現身。

小櫻正威風凜凜的砍下一個小孩的頭，靈體傷害靈體，輕而易舉，但是看了還是令人於心不忍，被火焚燒的身軀、又被刀砍殺的靈魂。

她回身，朝著季芮晨點頭。『双ちゃん，我們會保護妳的。』

小林五味雜陳，被厲鬼追殺、現在又被鬼所保護，小晨身邊的亡靈絕對不是普通等級，瞧那性感美女隻手能扯下人頭，日本女孩揮刀斬殺，毫不遲疑，沒有一定的力量是辦不到的。

但是他們守護季芮晨，為什麼？

「麻煩你們了。」無論如何，只要保護小晨的，就是他朋友！

季芮晨被小林緊緊的護在懷裡，他們往前奔去，一路跟著她的守護鬼就一起奔跑，阻斷所有意圖撲上來的大火死者；遠遠的，有個微笑發光的人站在那兒，季芮晨一眼就認出來，是 Tony！「那邊就是車站！」

她指著大喊，小林也認得出那不是人類，自從認識季芮晨之後，或許因為她的磁場，讓他變得更容易看得見鬼，而且學習護身法也容易得多。

他帶上一個團回來後，在萬應宮求了更多的護身，又學了新的咒語，師父誇他進步神速，好像有什麼助力幫助他開竅似的！儘管很基本，但以前他連普通人都能唸經擊退的厲鬼都打不倒。

而在返家路上，萬應宮當代宮主問起了季芮晨的事情，他才知道原來在希臘時，小晨跟他們相遇了。

所以，他知道了「負闇之力」的由來，知道為什麼小晨身邊永遠都是屍體與憾事，唯有她自己毫髮無傷；也知道之前一起出生入死時，為什麼他擺的佛像會焦黑龜裂，失去結界效果。

因為她是黑暗力量的源頭，有她在的地方，就易有災禍，魍魎鬼魅，妖魔鬼怪都能得到加乘力量，趁勢作亂。

所以她躲著他，是為了不讓他受到波及。

可是她太傻，人不可能一個人過一生。

『喝啊啊啊啊——』右手邊殺來一個兩公尺高的亡者，兇神惡煞的朝著季芮晨撲來。

他們都在外圍，惡漢突圍而進，大家幾乎反應不及！

季芮晨瞪圓了眼，試著要伏低身子閃過，可是身邊的小林順勢將她拋出去，直接面對了那惡漢。

不知何時小林手裡已握有刀，毫不遲疑的刺了進去，堅定的眸子望進亡者充滿痛苦與悲傷忿怒的眼神，然後聽著亡者的悲鳴慘叫，看著亡者消逝。

幾乎只有幾秒，所有的亡者簡直是成鳥獸散的逃竄。

『……咦？』Margarita詫異的望著，『形神俱滅？』她的口吻裡也帶著恐懼！

終於有好用的東西了！小林滿意的看著銀色的刀子，上頭其實相當樸素。

小林二話不說的回身拽起被他甩至地面的季芮晨，直接朝著前方發光體奔去，可是那傢伙居然也消失了，幸好他認得方向，只顧著拽著她衝。

唰的衝進了一個點，人聲嘈雜聲起，他們直接撞上了人，好幾個人摔得四腳朝天。

「哇……」季芮晨趴在地上，「對不起……對不起……」

舉目所及，他們在騎樓下，剛剛撞進了一堆也在躲雨的人。

「沒關係，大家都沒事吧！」路人上前幫忙，扶起了所有摔倒的人。「地上都是水，要小心喔！」

被攙起的他們全身都痛，回首望向剛剛的馬路，已經沒有什麼被火焚的鬼，僅有的是不止的大雨，停靠在兩旁的車子。

眼前，是JR線。

季芮晨無盡虛脫，她難受的偎向小林，他緊緊抱住她，兩個濕漉漉的人只有一個疑問——

為什麼亡者找上季芮晨？

第五章．媒介物

回到旅館時，季芮晨跟小林絕對可以用狼狽不堪來形容，他倆瑟瑟顫抖的在飯店外面遲疑著該不該進去，因為他們根本是人體水龍頭，一進去就會讓飯店大廳淹水。

不過美代子早就在大廳等他們，飯店也非常貼心，立刻拿了毛巾出來救援，至少別造成可怕的滴水狀態。

「你們……」美代子狐疑的看著小林，她實在不知道這男生是從哪兒跑出來的。「要不要先上去換衣服？」

「沒關係，有浴巾可以再撐一下。」季芮晨壓低身子朝服務人員行禮，「謝謝！」

「不行，妳這樣會感冒，我們現在沒有本錢生病。」小林斷然拒絕，「回房去，至少先換下濕衣服。」

「我……」季芮晨還想說些什麼，對上小林不客氣的雙眼，居然說不出來。「好啦，我的行李……」

「已經送到房間了，入住手續我都弄好了，大家都在房裡……」美代子又瞥了小林一眼，「這位是？」

「我朋友。」季芮晨簡短帶過，不想讓她問太多。「那我們上樓吧……你怎麼辦？

你行李呢？」

「在房間。」小林說得太過從容，讓季芮晨有點愣住，看著他從包包裡拿出房卡時，眼珠子都快掉下來了！「走吧！」

他他他他也住這間飯店？

「你住這兒？」美代子顯得好訝異，「這麼巧！」

「嗯，昨天晚上入住的。」小林完全從容不迫，「小晨妳在幾樓？」

「十二樓。」美代子回得有夠順，「你呢？該不會也是吧？」

「真這樣就太巧了，可惜我在十七樓。」小林進入電梯，注意到緊裹著浴巾的季芮晨正瞪著他。「哎，你們旅行社都是預訂好的，我要知道不是難事啊！」

美代子沒有進入狀況，倒是季芮晨咬著唇咕噥，她就知道，天底下哪有這麼巧的事！他知道他們今晚下榻這間飯店，所以故意住同一間啦！

他還真的是來找她的！季芮晨冷得發抖，真討厭，這麼冷，為什麼覺得臉有點熱？

「你們看起來好糟，我等等去買熱的給你們吃好了！」美代子皺起眉，看著兩個人臉色都發白了。

「不必麻煩，進房間煮熱水泡茶就行了。」季芮晨婉拒，她看得出來美代子相當不安，應該很想問喪失記憶的事情，卻又不敢太操之過急。

電梯抵達十二樓，季芮晨先抵達，還沒出電梯小林就突然抽走捏在美代子手裡兩張卡中的一張，還露出一個得意的笑容。

「喂！」季芮晨看起來像是在抱怨，但是沒跟小林搶，逕自走出電梯。

美代子看在眼裡，突然覺得他們之間好像不只是朋友，但是她沒有問，這是別人的私事，不該多嘴。

美代子幫季芮晨開了門，她一進去就急著開行李箱找衣服，無論如何得先換下濕衣服，美代子則趕緊找到電茶壺先去裝水，先把熱水煮妥。

「很快就好，我知道妳想了解自己發生了什麼事，等我。」季芮晨抱著衣服衝進浴室，美代子頷了首，還叫她慢慢來。

她當然想知道發生什事啊，她只記得自己衝出飯店，看見了那個很乖的女生，接著也不知道什麼時候昏迷，但醒來時已經在醫院了！

醫生跟護士都圍著她看顧，警察跑來問話，她根本什麼都搞不清楚！什麼上野公園連續殺人？樹下昏迷？團員們擔心的問候著，她卻一片空白，什麼都記不起來。

她居然還有在車上導覽？帶大家去求淺草籤？美代子深鎖眉心的從口袋裡抓出那張籤，揉爛的紙只出現一個字：凶。

浴室裡傳來淋浴聲，季芮晨先沖熱水澡，她覺得自己好像很常做這種事，濕透、回飯店沖澡……對，上次是在吳哥，那時還早就知道有預兆！

陰之雨？亡者為她下的？到底是要害她還是要幫她，她完全搞不清楚！

叮咚——電鈴聲忽然傳來，季芮晨當下震顫，小林不是抽走房卡了嗎？

「嗨！」美代子回應著，急忙的要前去開門。

不行！季芮晨急得往外衝，一骨碌拉開門——「不要開！」

美代子嚇了一跳，她的手都已經要握住門把了，卻看見浴室衝出渾身赤裸的季芮晨，衝上來直接拉開她！

「呀！」她被甩到牆上去，不明所以。

季芮晨戰戰兢兢的看著那扇門，聽著電鈴再度響起，她回首跟美代子比了噤聲，緩緩後退。

她知道，外面那個應該不是小林。

叩叩，對方改成敲門了，然後越敲越急，越來越大聲，最後甚至是以手拍打門板，頻率近乎一種瘋狂。

『啊——』詭異的嘶吼聲從門的那邊發出，嚇得美代子臉色蒼白的摀住嘴巴。

那是什麼聲音？像是人的尖叫聲，帶著痛苦跟哭泣，歇斯底里般的長嘯，這種拍門聲像是在求救，季芮晨蹲下身子，在門縫底下看見隱約閃爍的橘色火光。

她起身，揮著手要美代子再退後，退離這門前的甬道，她自己則轉身進入浴室裡，拉過浴巾裹著身子，盛了杯水走出來；美代子全身發抖的躲在後面，幾乎都要貼到窗邊了，就見季芮晨將水潑向門把，竟然嘶嚓一聲，下一秒內全數蒸發，門把上冒出白煙！

美代子臉色刷白，萬一她剛剛去開門了，豈不是——不對啊！她慌張的直起身子，門把燒成那樣，那表示外面失火了？

「你們不要太誇張！」季芮晨站在門的這端喊話，「火災早就結束了！」

火災？美代子丈二金剛摸不著頭腦，她搞不清楚這究竟怎麼回事！

躲在角落的她既心慌又不知該如何是好，只能看著前方自言自語的季芮晨，左手邊就是梳妝鏡，還有裡面映著臉色難看的自己，以及——站在她身後，一個穿著和服的女孩！

「啊呀——」尖叫聲突然從身後傳來，季芮晨嚇了一跳，她回過身去，看見美代子因為驚慌失措而後退，卻絆到椅子，重重的跌落地板，但是眼神卻極度驚恐的指著鏡子。

她走到美代子身邊把她往後拖，也瞧見了鏡子裡的人。

臉被燒燬一半的女人正在梳頭，她攬鏡自照，照著一半嬌豔的容顏還有一半燒焦的臉，淚水撲簌簌的掉落，而此時映在鏡子裡的不是什麼現代化的房間，而是斷垣殘壁，處處焦黑的廢墟。

喀的一聲，鏡子裡的女人突然向右方看去，下一秒房門倏地打開。

「哇！」小林一開門就看見只裹著條浴巾的季芮晨，有種賺到的感覺。「這麼大方啊！」

季芮晨來不及嚇著，再回頭看向鏡裡，哪有什麼臉被燒掉的女人，鏡裡就只有她自己而已。

「他們剛剛來過。」她邊說著，一邊緋紅著臉往浴室裡衝。

「什麼？」小林驚愕的問著，疾步走入，看見的是坐在地上渾身發抖的美代子。

「啊……果然！」

看美代子嚇成那樣，八九不離十。

「一開始有人按門鈴，美代子差點就要去開了，但是我知道不會是你，結果死靈們在外面敲門，像是要逃命般的瘋狂，外面還著火。」季芮晨換衣迅速，寬T牛仔褲步出。

「拿水澆門把還是燙著的咧。」

「那這裡是怎麼回事？」他伸手向美代子，將她拉起。

「鏡子……裡有別人，一個臉被燒掉的女人！」美代子激動喊著，「她的臉好可怕，還叫我閃開！」

小林覺得很不對勁，低首沉吟，美代子逕自哭了起來，結果季芮晨去倒了熱茶，先安撫她的情緒。

若是江戶大火的亡者，他們因為小晨而復甦，且衝著她來。

如果他們是亡者，一旦有了力量，應該也是找千紗吧？冤有頭債有主，當年那場火災因她而起……不，燒掉振袖的是本妙寺住持，但住持沒錯，法會上以火驅邪，祈求福泰。

「事有蹊蹺，我們應該先了解振袖大火的確切歷史。」小林決定回到源頭，「千紗的恨，兩個買振袖的少女到底發生了什麼事，侍童跟千紗究竟認不認識？」

「我也覺得很怪，而且這些亡靈為什麼找我？」季芮晨隨意擦著頭髮，「但是我還在帶團，不能隨意離開，我們得抽時間去！」

「最好有這麼多時間，他們還要繼續走行程嗎？許家都已經這樣了……」小林話至此自己又推翻，「不對，我們不能罔顧其他團員的權益。」

「我會去問，我現在就得去關心一下每個團員，晚上的行程是沒了，但得去安排晚餐。」她起了身，擦乾濕髮，現在團員們一定人心惶惶。

美代子忽然拉住她，「我去幫妳安排晚餐好了。」

「美代子，妳回去休息吧，今天遇了這麼多事。」季芮晨微微一笑，她不該再介入。

「沒關係，我……不想問今天的事了，我大概……明白了。」她邊說邊顫抖，更明白有的事不要知道比較好。「本妙寺在巢鴨那邊，你們明天就可以去一趟！我可以幫妳看顧團員！」

季芮晨失聲而笑，搖了搖頭拍拍她的肩。「這是我的工作！妳別在意！」

簡單的準備好東西，紮起濕髮後，季芮晨就準備出發去關心團員的狀況，美代子自發性的去樓下幫忙處理晚餐的事情，處理完後，季芮晨請她回家，不要再牽扯進這件事。

小林堅持要陪著她，單就亡靈的執著，他不可能放她一個人亂走。

兩個人才離開房間，門外的走廊上居然站著那對情人，像是等了他們一會兒似的！

「嘿！」季芮晨嚇了一跳，「你們怎麼在？」

「妳回來了？沒事吧？」劉俐孜擔心的上前，「我們還在想你們回來沒！」

「沒事了！我正要去找大家商量一下接下來的行程。」季芮晨頷首道謝，「其他人都好嗎？」

「不知道，我們就待在房裡，發生了這種事，應該沒人心情會好。」邵志倫聳了聳肩，「那個許太太呢？」

「辦事處的人陪著她，放心好了。」也只能做到陪伴了，心裡的傷痛誰也無能為力。

「許芷凌跟許先生的遺體還在警方管控之下……他們已經不是我們能力所能及的了。」

「那個女孩被附身了對吧？」

邵志倫淡然問著，斜靠著牆，他的態度真的有點吊兒郎當。

「……難道相機又——」小林視線立刻落上單眼大砲，「你又拍到了？」

「我們是去賞櫻的，當然會拍啊，雖然我是很不願意啦！」邵志倫遞過準備好的相機，「妳看，這是那個愛自拍又嬌縱的女生！」

季芮晨微蹙眉，人都走了，這傢伙說話倒不留情面的。

照片裡有連續好幾張許芷凌，她真的都不管他人的自拍，一下左邊一下右邊，還有好幾張拍到身後的人有些嫌惡的瞪著她。

「等等！」季芮晨喊了停，「上一張！」

邵志倫按下箭頭，季芮晨跟小林都看見前一張的許芷凌是正常的模樣，畫面也是櫻花重重，但下一張的許芷凌身上卻籠罩著一股黑影，與其說是黑影，不如說是一個正常的人形！

而在那張相片的遠角，拍到了正走過來的小林！

「就是這時，她突然摔倒，所以我扶住了她！」小林確定那場景！

「也是那時千紗離開了美代子的身體，附到許芷凌身上。」季芮晨喃喃說著，情人們訝異的交換了眼神。

「妳已經知道那個女孩的名字啦？」

「她自己說的。」季芮晨再繼續往下看，每一張的許芷凌都很有問題，到了後面的關鍵時刻，她身後的少女鬼影幾乎與她重疊動作！

她舉手千紗就舉手，她旋身千紗也旋身，所以走上去搶水果刀時也——再到下一張，季芮晨倒抽一口氣。

那是許芷凌狠狠捅進父親腹部的照片。

既猙獰又狂喜，照片裡將千紗的表情拍得很明顯，她是發自內心的欣喜若狂啊！

季芮晨別過頭，閉上雙眼，小林向邵志倫道謝，摟過了她，知道她正在跟罪惡感對抗。

「那個女鬼恐怕是振袖大火的傳說中，愛上侍童的第一個少女，她到現在還在找那個侍童。」小林幽幽說著，「所以附上了許芷凌，就像振袖轉手一樣，她可以再有第二次、第三次……」

「你認識許芷凌嗎？」劉俐孜很困惑的望著他，「許芷凌說她很想你很愛你什麼的！」

「唉！」小林極其無奈的嘆了好大一口氣，「我今天穿紫色的，還有，小晨說我帥。」

「噢。」劉俐孜竊笑起來，邵志倫挑高了眉，好像不以為然似的。

「總之你們也要小心，不要亂接觸陌生的事物，不要亂開門，我等等會一起到房間看看……我有帶很多法器，可以有些防範。」

「哇……」劉俐孜雙眼一亮，「你是道士？」

說真的，他不是！「不是啦，我也是領隊！都會攜帶些以防萬一的東西。」

「喂，我也有啊！」季芮晨總算回神，咕噥著。

「絕對沒我多。」兩個人像競賽似的。

「我是還好，我八字重，我跟她門上都貼符了，而且又沒招惹什麼！」邵志倫皺著眉，「不過我覺得要小心的不是我們吧？應該是那個什麼莊舒帆的！」

「為什麼？」季芮晨圓睜雙眼。

「啊這件事不都是挑女的嗎？三個少女？而且導遊不是說都十七歲死？」邵志倫搔了搔頭，「我女友都二十幾了，啊那個許芷凌不是說本來要跟朋友過十七歲日卻被拖過來，那是不是十七了？」

咦咦！季芮晨狠狠倒抽一口氣，立刻把包包裡的名單資料表拿出來，上面有姓名資料跟生日，許芷凌的生日是──今天！

那莊舒帆呢？季芮晨緊張的搜尋，她的生日還早，是八月，但是她、她今年剛好十七歲！

「等等……」小林正拿著手機，有股寒意通過全身。「她們都十七歲？」

三名振袖大火的相關少女，全數享年十七歲。

「天哪！莊舒帆！」二話不說，季芮晨立刻衝向莊舒帆的房間。

那對情人被嚇了一跳，但還是跟著走。「你們不要太大驚小怪，等一下嚇到她！」

「團裡十七歲的就只有兩個！」季芮晨氣急敗壞，「扣掉千紗，許芷凌是第二個，那莊舒帆就是第三個了。」

「可是那些少女不是買了振袖才出事的嗎？沒有共同的連結，那個鬼可以愛找誰就找誰嗎？」

──咦？小林瞬間煞住步伐，一道拉住了心急如焚的季芮晨！

對！振袖，每個少女之間，都有個振袖作為連結，如果不是廟方把振袖賣出，如果少女沒有購入，就不會有一連串的事情！

所以，這當中一定有什麼！

「怎麼回事？」季芮晨緊皺著眉，她都快急死了。

「有什麼東西梗在中間，不買振袖少女們就不會死，千紗就沒有機會附身。」小林激賞的看那對情人，「你們真好樣的！」

「呃……」邵志倫有點自豪的摟過女友，「她一直都很聰明！認識她是我的幸福！」

「肉麻啦你！」劉俐孜嬌嗔著。

季芮晨也聽明白了，可是……「許芷淩不可能穿振袖吧？」

「一定有什麼是屬於千紗的東西，或是一個契機！」小林斬釘截鐵，「我可是有研究過的，以前千紗透過振袖來附身，所以許芷淩、甚至美代子都一定有個點，要不然說真的，她可以亂附一通。」

「是啊，問題是……怎麼會有機會呢？」他們才到這兒第一天，也沒有去任何墳區或是詭異的地方啊。

喀嚓，身邊的門傳來聲音，一夥人都嚇了一跳，木門開啟，走出來的是莊舒帆。

「噢，對不起太大聲了！」季芮晨立刻道歉，「我是來問大家狀況如何的，你們都好嗎？」

「嗯，沒事！」她揉著眼睛，看起來才睡醒。「我有認出妳的聲音，要進來嗎？」

「好，可以借我電話嗎？我順便讓大家一起過來。」季芮晨探頭往裡望，莊媽媽微微頷首，表示同意。

他們一塊兒進入莊家的房間，三個人睡四人房，所以季芮晨挑比較大的房間集合大家，撥了幾通電話，沒五分鐘大家就魚貫前來；一進門看見季芮晨當然就是問警察問些什麼？許太太怎麼了？她四兩撥千斤的交代，完全不說細節，因為沒必要。

「可是那個女生怎麼會突然發狂，她看起來是愛玩的年紀，可是不至於這麼兇殘吧？」莊媽媽語重心長，「雖然我們不熟，但是要我相信一個女孩子會這樣濫殺無辜——嗯，實在是不能理解啊。」

「真的是有點怪怪的！」連張媽媽都應和了，「愛漂亮愛打扮，這時期的孩子任性一點是真的，可是殺掉自己的爸爸？還有抓了路人就刺，不太對！」

「事情很難說啦，搞不好她神經就有問題啊！」張義德擺擺手，「有夠可怕的，居然遇到這種團員，還好不是刺我們！」

「欸！」張媽媽撞了他一下，口無遮攔的。

「可是我覺得很帥耶！」張正賢用痴迷的眼神說，「就這樣抓一個刺一個！」

「你是在說什麼啦！」張義德氣急敗壞，「亂講話！」

張正賢一副無所謂的樣子，還拚命跟張正誼吹噓說自己一直幻想可以把討厭的人都殺掉，這樣大家就會怕他，而且還可以成名。

這讓季芮晨越聽越不舒服，她可不希望再來一次。

所以她充耳不聞，先對今天的事道歉，晚上的行程被迫取消或延後，再詢問大家對於明天行程的意見，以及今晚原本預定的行程該怎麼做？

當然，沒有人有那個心情再繼續旅程，大家都提議是否能即刻返國，並且商量退費事宜，季芮晨這點做了保留，因為她必須請示公司，而且嚴格說起來，旅程是還可以繼續的。

大家都表示沒有玩的興致，而且警方隨時還會問話，根本很難輕鬆。

「有什麼關係？不是說要去大江戶遊樂中心？」張正賢急忙嚷著，「明明說有很多可以玩的！」

「還有迪士尼啊！」張正誼小小聲的說，不敢大聲嚷嚷，因為莊舒帆在這兒。

張家父母很尷尬的又要開始吼，莊光仁望著他們輕笑。「小孩子不懂嚴重性，別生氣！弟弟，有人死掉了喔，這是很不好的事，所以現在繼續玩的話，大家心情都很不好呢！」

張媽媽很尷尬的陪笑，畢竟自己的孩子這麼不分輕重，還讓外人教導，實在有失顏面，「你們惦惦啦！玩什麼！」

「你不為死掉的人難過嗎？」小林疑惑的望著手裡拿著 PSP 的張正賢，為什麼會如此無動於衷？

張正賢皺著眉看向小林，更加困惑的聳了聳肩。「為什麼要？」

季芮晨突然覺得一點都不意外，這樣的反應，似乎每隔幾天就可以在新聞上見到，撞傷人不在乎的駕駛，撞死人毫無所感也不願賠償的罪人，殺人不當一回事的青少年，或是拿屎尿潑灑他人還自以為英雄的青年，這些人沒有同理心、沒有道德感，對他們而言，只有自己是最重要的。

不，是眼裡根本只有自己。

他人的死活榮辱傷痛都事不關己，連觸動一絲情感也無，因為視為草芥，不會有人去為一株被踩過的草感到心痛。

季芮晨輕輕觸碰小林，示意他不要多話，這不是他們該干涉的事。

「我想多問一件事，你們昨天有跟許芷凌接觸過嗎？她有提到撿到什麼東西……或是買了什麼特別的物品？還是說有跟陌生人接觸？」

她問這個是有點奇怪，但是依照許芷凌跟父母的互動，她相信團員看到的會比她父母親見到的多。

情人們聳了聳肩，不太懂她要問什麼，張氏夫妻光忙兒子們就來不及了，張正賢只記得她昨天自由時間買了一堆化妝品，張正誼說中午有看見她買人形燒吃。

莊氏父母表明沒有跟許芷凌有接觸，但是卻問向自己女兒，因為他們記得昨天莊舒帆跟許芷凌有聊過天，在桃園機場時就有交談，但不知道怎麼回事後來許芷凌對舒帆頗有意見。

「她……就在藥妝店跟路邊攤買一些小東西而已啊！」莊舒帆認真的回憶著，「今天在淺草寺買了人形燒跟很多小紀念品，有扇子、有梳子，還有一些小手帕，都是很有日本風味的東西。」

「這都是普通紀念品。」小林知道淺草那兒賣些什麼，毫無特別。

「怎麼樣的手帕啊？我怎麼沒看到？」劉俐孜轉過去問男友，一臉懊惱。「是不是舊江戶的感覺？我也想買手帕！」

「啊妳自己逛那麼久沒看見，怪我喔？」邵志倫一臉委屈，兩個人的低語卻讓季芮晨沉吟了數秒。

「記得明確的樣子嗎？梳子、扇子都是新的嗎？手帕是什麼樣子？」挪威實習帶團中，她沒忘記有團員不小心買到贓物，造成了可怕的後果。

「都滿新的啊，我也有買！」莊舒帆立刻走到桌上，她的袋子還在那兒呢，也拿出了蒲扇跟梳子。「就是這種！很可愛吧！至於手帕……」

小林上前接過，反覆察看，是全新製品沒錯。

「啊，是紫色的手帕，上頭有很精緻的繡工！」莊舒帆想起來了，「我因為沒用手帕的習慣，所以就沒有買了，我記得她說那是唯一一條呢！」

紫色的手帕！季芮晨聽見顏色，心裡不由得又是一驚！為什麼要是紫色的？而且還有繡工？

「我知道妳在想什麼……」小林擰著眉，說著大家都聽不懂的話語。「不可能，那場大火的起源就是燒掉振袖。」

「可是振袖飛起來了，才造成江戶大火。」季芮晨緊繃著身子，「但是火勢這麼旺，的確不可能……」

江戶都燒盡了，那火源哪可能周全？

團員們對他們的對話搞不清楚，又開始吱吱喳喳的討論起今天發生的事，餘悸猶存，每個人都忘不了許芷凌拿刀刺殺人的模樣。

莊舒帆將小林還給她的扇子跟梳子擺回袋子裡，袋子底下有她買的一個髮束。由紫色的縐綢縫製而成，上頭也有精緻的繡工。

第六章．本妙寺

在飯店用過晚餐之後，美代子就先行離去了，季芮晨再三道謝外，也跟她說了，萬一「又」有事的話，說不定得請她來幫忙；美代子熱情答應，她接下來幾天的確有工作，但是都是短時間，只要不是十萬火急，她都能夠相助。

只是美代子不懂，為什麼季芮晨認為「還會有事」？

吃飯席間少了點悲傷的氣氛，但是大家也快樂不起來，新聞裡報的還是上野公園的殺人事件，彷彿在提醒他們午後那一幕幕的血濺五步；玩興盡失，但是莊光仁還是希望大家強打起精神，萬一旅行社不願意退費、或是他們臨時要返台也沒有機位的話，旅程是必須繼續下去的。

雖然大家都吃得不多，但莊舒帆特別食慾不振，晚餐幾乎都吃不下，最後由張正賢幫忙吃光，發育中的男生食量驚人，也因為如此他才不會去搶弟弟的東西；張正誼擔憂的偷望著莊舒帆，有點擔心她是不是哪兒不舒服。

不過，其實他心裡竊喜，他想莊舒帆會把晚餐給哥哥，應該是為了不讓他因為被搶食物再餓著吧？為什麼有這麼貼心的女生呢？

「晚安，今天辛苦了！」當大家魚貫離開時，莊舒帆還這樣對季芮晨說，那種有禮又溫柔的模樣，讓張正誼簡直快痴迷了。

「哪裡，還請今晚大家不要外出。」季芮晨禮貌的送著大家，小林從後面走來，用眼神對她示意。

每一間房裡的準備措施已經妥當，他把帶來的符紙都貼上了，有沒有效不知道，總比什麼都不做來得強；其他就是盡人事聽天命了，季芮晨沒有能力保護他們，而且等一會兒，她跟小林還有事要做。

等到大家都回房後，他們也各自回去準備外出，季芮晨回到房間揹上斜背包，不經意瞥向今天嚇得美代子花容失色的梳妝鏡，此時裡頭映著的依然是她自己。

「你們真的很煩，都四百年了，還不能面對死亡的事實嗎？」她皺著眉像是低斥，「一直問我要答案更是沒有道理，又不是我引的火！」

要問，就該去問瀨戶千紗！

她漸漸產生了不悅，雖然這是她的命，她也接受了，但不代表她願意承受所衍生出來的問題！那些大火亡者一下午都在找她麻煩，先是在路上攔她，然後試圖燙傷她的手！

向她求救，問她為什麼，這些她能怎麼回答？

甩門而出，房間裡的鏡裡再度浮出女人焦爛的容顏，她依舊梳著頭，一梳燃火、二梳掉髮，再梳因火燒而卷曲，她哭了起來，使勁的扔下梳子，歇斯底里的敲打著鏡子，整座梳妝鏡自動搖晃起來。

『我不想死啊！我一點都不想死啊！』

季芮晨回首，她聽見房裡傳來哭號，沉吟數秒後來還是轉身離去，那女人已經死了，求生的執著讓她無法放下嗎？

季芮晨也無能為力，才轉個彎，就看見也在電梯前的情侶檔，他們一瞧見季芮晨，立刻露出一種糟糕的心虛表情！

「喂！」她瞪圓了眼，「你們這是要去哪裡嗎？」

「沒有啊，就到樓下走走……」劉俐孜眼神飄忽不定，完全就是說謊！

「我不是說不要出去嗎？都十點了！」季芮晨氣得鼓臉，瞧他們裝備齊全，又是薄外套又是相機的。「要去拍夜景嗎？」

「嘿……」邵志倫直接笑出一臉賓果。

還沒講完，電梯叮的一聲，門朝兩旁開啟，小林人在裡頭，也一臉錯愕。「咦？你們——」他餘音未落就瞪大眼打量著情侶檔，這兩個敢情是要出門嗎？

邵志倫二話不說拉著女友進入電梯，季芮晨急著走進，想要勸退！「都十點了，你們打算幾點回來？」

「拍完就回來。」模稜兩可的答案。

「欸，你們……你們應該知道有那個吧？都不怕的喔？」小林對他們倒是好生佩服，

「相機都能拍出一堆東西了，還想拍？」

「這也是一種藝術啊，而且不是每張都拍得到。」邵志倫說得理所當然，「還有，我們也測試過了，也不是每個人都看得見。」

「什麼意思？」季芮晨蹙眉，「那靈異照片不是每個人都瞧得見？」

「嗯啊，給張先生看過，他們就只看見風景跟人而已，其他沒看見。」劉俐孜居然開心的笑了起來，「相機雖然玄，但原來要有緣人才能瞧見。」

「我真不想當有緣人。」季芮晨低聲咕噥。

小林挑眉聳肩，當事者都不在意了他們阻止也沒用，原本進飯店後就是團員的自由時間，他們要去夜遊到凌晨，領隊也管不著。

「你們想去哪？」不過去向季芮晨還是得問，萬一怎樣的話，才找得到人。

「巢鴨！」邵志倫顯得很興奮，「去一趟本妙寺！」

——咦？季芮晨跟小林震驚的交換眼神，抵達一樓時電梯門都開啟了，他們還邁不出步伐。

「喂，是怎樣啦，你們眼珠快掉出來了！」劉俐孜咯咯笑著，「該不會你們也要去吧？哈哈哈！這也太誇張了啦……哈、哈……」

她變成乾笑，望著步出電梯的兩人，邵志倫扯著嘴角。「真的假的？你們要去巢鴨啊？這麼晚了耶！」

「你們去附近逛就好了吧，去那麼遠的地方幹嘛？」季芮晨極力想打消他們的念頭，

「我們是有事要辦，所以……」

「我們也有喔，非常非常重要！」邵志倫神色嚴肅，愛人在一旁點頭表贊成。

「有事要辦？為什麼不挑白天去？」小林狐疑的問。

「白天沒時間啊，都要走行程，今天如果不是發生……嗯那件事的話，我們原本打算吃完飯就過去的。」劉俐孜振振有詞，他們早就計畫好了。「而且晚餐的餐廳本來離巢鴨不遠的！」

「晚上去廟又沒開！」季芮晨擰眉，這兩個怎麼說不聽啊！

「既然沒開，那你們要去幹嘛？」劉俐孜反將一軍，問得季芮晨啞口無言！

去幹嘛？他們是要去找振袖大火的資料，看能不能找到一點蛛絲馬跡的啊！她跟小林都覺得這傳說中有很多不清楚的地方，雖然傳說多半都是穿鑿附會，但這次狀況可不一樣。

瀨戶千紗都出現了，還有是怎麼附身在許芷凌身上的？四百年未超渡的大火亡靈是怎麼回事？他們又為什麼會對天災……對意外死得如此不甘心？

「好了，別再爭了，要去就一起去吧！」小林倒是乾脆，「不過先說好各自做各自的事，不能干預或是多問啊！」

「沒問題！」邵志倫比了一個OK，一臉興致勃勃。

「那好，我請櫃檯叫計程車好了，有四個人比較方便。」小林朝季芮晨頷首，她是不反對坐計程車，不過帶著這兩個人……

唉，她對於去本妙寺完全沒有抱持平安的想法啊！若不是小林堅持要跟，她早就選擇一個人去了。

寺廟裡不是一大堆墳嗎？時值夜晚，加上她的力量，到那兒豈不是PARTY TIME？小林要她別想太多，厲鬼又不是到處都是，問題是只要有一隻就夠了！瀨戶一隻，舊江戶死於大火的一堆，他們或許不厲，可是想找她麻煩的「初衷」不會變。

好煩！到時候萬一他們又泥菩薩過江，怎麼保得了這對情人？

煩惱歸煩惱，他們還是上了車，並且抵達了位在巢鴨的本妙寺，司機對於夜晚前往本妙寺的他們感到非常困惑，而季芮晨一上車也沒有表現出日語流利的樣子，省得司機問太多。

夜晚的寺廟看起來並不莊嚴，至少季芮晨就打了個寒顫，望著上頭「德榮山」的字樣，加上夜風徐徐，偶爾有狗吠聲，她還是忍不住的恐懼起來；到底是誰說什麼事都能習慣成自然的？對於鬼的糾纏，她一輩子都習慣不了！

寺門是關著的，情侶檔一下車就開始喀嚓喀嚓的拍，季芮晨告訴邵志倫不管拍到什麼拜託別嚷嚷，呼叫聲鬼也聽得見，她可不希望召來太多；小林要她在原地等著，他先去探一下路，繞著牆走了幾步，在季芮晨一閃神時他人就不見了。

咦？她焦急的往前望去，人呢？剛剛不是還在前方嗎？

三步併作兩步的往前追去，耳邊開始陸續傳來一些細微的說話聲，她不安的左顧右盼，「他們」知道她來了，騷動正逐漸興起。

突然左前方門咿呀拉開，季芮晨錯愕的愣在原地，就見寺裡有人站在門邊，恭恭敬敬的朝她行了禮。

「咦？」她尷尬的說著，「打擾了，師父！」

師父沒吭聲，只是回身朝裡走去，敞開的門像是歡迎光臨的意思！

季芮晨深吸了一口氣，往左邊不遠處那對還在拍照的情侶身邊去，告訴他們廟門開了，他們喜出望外的說把夜景拍完就進去。

「小晨！」小林的聲音從門那邊來。

「好！就來！」季芮晨拍拍劉俐孜，「欸，你們不要太久喔，如果要進去的話要快！」

「沒問題。」她說得很輕鬆，季芮晨聽得很擔憂。

但事不宜遲，她還是回身朝小林跑去，他是從廟裡走出來的，表示在此之前，他人根本已經進去了。

「你怎麼進去的？」她皺眉。

「翻牆，結果一翻過去就遇到人了。」小林靦腆的笑著，但其實很可愛。「我跟師父表明來意，他居然就開門了。」

「這麼好？」她轉了轉眼珠子。

「佛渡有緣人吧！應該是認為我們這麼晚還過來，是有重要的事！」小林再次拉過她的手，「簡單的日語我行，但太難的問話就得靠妳了。」

「嗯！」她微笑點頭，兩人順著小徑往前走去。

「施主。」

黑暗中有人突然出聲，嚇得季芮晨差點叫出來，在廟宇的陰影下緩步走出一個人，白眉灰髯，朝著他們恭恭敬敬的行禮。

「您好。」季芮晨跟著回禮，「很抱歉這麼晚了還來打擾，實在有事請教。」

「明白。」老者比了個方向，示意他們往後方走去。「我剛聽見男施主提起振袖大火之事，如果要問這歷史，應該到東京博物館才是，而不是本寺……而且若論祈福，不去淺草而來本寺，總令老衲匪夷所思。」

「逃不過住持的法眼，我們想問的，是振袖大火真正的主因。」季芮晨也不囉唆，開門見山。「關於一個叫瀨戶千紗的女孩，還有振袖飛舞的事。」

住持立時止步，他回首瞥了他們一眼，那種不怒而威的氣勢她明顯感受到了！季芮晨選擇恭敬低首，彎下腰，小林也跟著照做，因為那住持不僅疑惑，還有種為什麼你們知道的態度。

「難怪這幾日特別不平靜。」住持終於再度開口說話，復向前行。「處處靈騷，孤魂哀鳴。」

小林蹙眉，這言下之意，住持跟好兄弟們也不會太陌生就是了。

他們一路跟到寺廟後方，只是季芮晨才走進就後悔的想要離開，寺廟後面立滿了寫滿姓名的竹牌，竹牌下有方型石塊，放眼望去是支支林立，這是墳區啊！

在夜晚什麼字都看不見，只能見一支支的牌子密密麻麻，其他最清楚的就是攀在墳上的孤魂，或是坐在自己的墳上瞪著他們的亡靈了。

住持的聲音低沉卻帶著威嚴，就站在石徑道上緩緩說著，從三百多年前的春天開始，其說法跟他們聽到的沒有太大出入，畢竟在車上講解時的美代子，正是瀨戶附身所口述，但是，季芮晨跟小林關心的不是這點。

「那個侍童，知道千紗小姐的戀慕之心嗎？」

「並不清楚，當年寺裡明白時，千紗小姐已經往生。」住持望著一片墳林，嘆息。「對於後面兩位小姐，才知道較多的狀況。」

「後面……買下振袖的少女！」

「是的，買下千紗小姐振袖的女孩，是中村家的鈴葉小姐，油商中村屋[2]之女，她買下振袖後，就開始不吃不喝，鎮日望著那振袖，求父母把那個男人找來。」住持望著遠方，幽幽道來。

但是，鈴葉說不出名字，她只說那男子穿著跟振袖一樣顏色的衣服，俊美得宛若仙人，懇求雙親不要阻礙她的戀情，她朝思暮想僅此一位；中村屋老闆不知道如何是好，所以再度來到本妙寺，詢問那件振袖的來由。

當他得知後，自是怒不可遏，回家欲把振袖毀掉，不管是以刀砍爛或是淋油燒燬，只要能讓女兒恢復原狀，什麼都願意。

「但，那天晚上，中村屋老闆卻在自宅院子中，自焚而亡。」住持語出驚人，季芮晨完全呆愣，趕緊翻譯給小林聽，他直接倒抽一口氣！

這是傳說中沒有的事情，也就是他們要知道的！

「他在慘叫聲中死去，家僕們說，他在火裡不停大喊著妖孽，一直到死亡為止，沒有人知道事情怎麼發生的，他們只記得二十桶水，也澆不熄油商身上的火。」

「油類起火是不能用水的，那個時代還不清楚吧？」小林沉吟著，「可是會痛會打滾，火應該……太詭異了。」

不足為奇，今早在餐廳裡的大火，連滅火器都噴不熄了不是？季芮晨暗忖，果然都不是普通火。

❷「屋」即商行之意，「某某姓氏」加上「屋」指的則是該商行，亦可指其負責人、老闆。

「鈴葉小姐在房裡看著父親自焚而亡，狂笑了一整晚，隔日中村屋的老闆娘差人來寺裡，說他們家小姐被鬼所害，請求作法。」住持搖了搖頭，「唉，無奈為時已晚，在家僕來寺裡的同時，鈴葉小姐在街上攔下紫衣的男子示愛，不接受或攔家眷者都被她亂刀砍死，完全瘋狂，爾後其母將她鎖在大宅深院，翌年正月氣絕。」

「什麼？」小林愣住了，這段他聽得懂大概。「殺？她當街殺人？」

住持頷首，小林立即聯想到下午的許芷凌，那種瘋狂殺人的行徑。

「寺裡後來有作法或是……驅鬼嗎？」季芮晨小心翼翼的問。

住持又搖了搖頭，「中村屋老闆娘為了顧全女兒，不再讓人接近她，連家僕都不得靠近，起居完全自己照應，所以……也有人說中村鈴葉不是病死的，是被母親殺死的也說不定。」

「被母親所殺？」小林詫異，這可能嗎？好歹是親生孩子，而且……千紗也不會這樣輕易放手吧？

「街頭巷語，不足為憑。」住持又嘆了口氣，「不過後事還是由本寺處理，那時只覺得遺憾，中村屋派人將振袖交給我們，我們也曾猶豫是否要再售出，因此將振袖暫置於佛祖前，聽經百日，毫無邪氣，最終，就賣給了第三個少女。」

「我知道，她穿上了振袖。」季芮晨幽幽說著，「穿上後，卻變成身體被操控，意識清晰。」

住持又看了她一眼，點了點頭。「是的，但高橋家的櫻小姐很不一樣，她能跟邪惡抗衡，但是卻只能保有意志，無法控制身體，自從穿上振袖後就沒有脫下來過，身子發臭、被折磨得不成人形……」

那其實比被操控所有意識還可怕吧！季芮晨想像那種身不由己的痛苦，簡直生不如死。

「最後櫻小姐是全身緊縛在床上，因爛瘡蔓延而亡。」住持心痛的闔上雙眼，「高橋家老爺在櫻小姐臨終前，已經找遍了江戶所有的男人給她看，就是沒有那個侍童。」

墳裡在起鬨，在尖笑，一堆魍魎鬼魅聽著住持在述說故事，不僅豎耳傾聽，而且非常有興趣的聚集，他們交頭接耳，眼神詭異，邪笑掛在嘴邊，格格的摩著牙，摳著利甲，氣氛非常惹人厭。

小林也看見了，更感受得到不尋常，這不只是因為墳區亡靈眾多，還有一股怒意，跟他們以往遇到厲鬼攻擊時差不多的氛圍。

住持在講歷史故事，他們生什麼氣？

「……那件振袖呢？」小林瞇起眼，用有腔調的日語問。

「在櫻小姐斷氣後，振袖就能脫下了！她的身體滿是爛瘡，膿血處處，穿了七個月的內著全數發臭，唯有振袖一塵不染，連一絲臭味也無。」住持闔上雙眼，語重心長。

「最後，三家的親人聯合為三位芳魂做法事，祈福，超渡，而寺裡決定將那件振袖燒燬，無論怎麼想，那件振袖都不能留。」

接著的事大家都知道了，江戶幾乎燒盡，燒死了十萬人，連大名的宅邸都無法倖免，就為了那件振袖。

「傳說中那件振袖是在投入火裡時飛起的，是被風吹起，或是？」季芮晨關心的重點在這裡，「或是像被人拿起一樣？」

住持睜眼，佈滿風霜的手緊握著微顫。「從架上取下後，振袖是以摺疊型態投入火裡，但是最後它卻從火裡竄出，完全展開，像掛在架上一般呈大字型，燃著火在空中飛舞，火星四處掉落，最後……」

佛堂燒了起來，寺廟開始燃燒，從偏殿到正殿，再一路伴隨狂風肆虐。

『在說那場火啊！』『真嚇人啊，一下子多了好多同伴！』『他們最近吵得很呢，跟那天火災時一樣吵！』『好囉唆，他說完了沒啊？』

季芮晨正在組織消化，小林卻環顧四周，看著自己手臂上的寒毛直豎，內心有著極大的狐疑與恐懼；他不動聲色的從背包裡拿出日式佛珠，還有一張小抄，上頭是日文。

在心裡默唸著，他應該背熟了。

「住持，我還有一個問題。」小林開了口，手裡佛珠緊扣。「請問您為什麼會知道得這麼詳細？本妙寺有記載嗎？」

他以為，那場大火應該燒盡了一切，更別說起火點的本妙寺啊！

意圖燒掉振袖的人們，瀨戶千紗會這麼容易放過嗎？上一個油商中村屋，已經成為焦屍了不是？

季芮晨聞言大驚失色，是啊，她聽得這麼仔細，住持說得歷歷在目，彷彿他就在現場一樣……而且為什麼沒有別人在？廟裡如此寂靜，其他師父呢？她火速低首看向地板，住持站在陰暗處，無法判定他是否有影子！

「是啊，你連振袖放入火裡的模樣都說得如此清楚──」季芮晨已經緩步後退。

「那是當然啊！」住持回首瞪著他們，雙目倏地爆出火光。『因為那是我親手放進火裡的啊──』

轟！住持瞬間成了火球，烈火燄燄的包裹他全身，他就像一個燃燒著的火源，火舌在他身邊舞動！照亮了廟宇，照亮了一旁的墳頭，竹板上的字也都清清楚楚了！

小林二話不說拽過季芮晨就往後跑，曾幾何時，剛剛那些趴在墳邊聽故事的亡者都不見了！

『那件振袖該燒啊！妖孽作祟，我哪裡做錯了！』住持聲音逼近，季芮晨感受到火光迅速前來，回首一看，住持居然疾速追了上來。

「小林！」她大叫著，身上的護身符有用嗎？

這兒是廟，小櫻他們不會進來的！

小林把她往前甩，利用反作用力旋了半身，手上的日式唸珠已經擺妥，手打圖裡的結印，把剛剛小抄裡的文字唸了一遍！

『呃啊！』住持明顯懾於咒語止步，後退了幾寸。

「你是住持，怎能變厲鬼呢？」小林大吼著，結印未消。「大火是偶然，就算引燃本妙寺，也是瀨戶千紗的錯！」

『不是！那是我的錯！是妖孽的錯，是大家的錯！』住持怒吼著，『江戶陷入一片火海，生靈塗炭，怎能是歸於一個人的錯！』

「你……」小林咬牙切齒，「講太快我聽不懂啦！」

他左手再祭出一個結印，住持的驚懼更加明顯，他不停喊著為什麼你有這種東西，但是不逃不躲，只是嗚咽的咆哮！

『為什麼？妖孽當除，但又為什麼要燒死這麼多人？』

「這是意外啊！」妖孽當除這四個字小林聽不懂！

「小林，別抬槓了！」季芮晨在石拱門邊大吼，「快點走了，我有不祥的預感！」走，他再唸了兩次咒語，總算把住持逼退到後面一點的地方，但是他燃燒著火的雙目太過「炯炯有神」，讓小林於心難安。

喊完他回身拔腿就跑，季芮晨朝著他伸出手，他一手握上，兩個人往寺外的方向衝了出去！

只是衝過拱門時，迎接他們的居然是一陣狂風——以及火光沖天的本妙寺。

寺體已經全數被火舌吞噬，不管正殿偏殿無一倖免，橘光豔豔的染亮夜空，許多和尚們驚慌失措的往外逃，有人打水，有人將水沖上身子意圖往裡衝，又被攔住。

「快逃！出去啊！」

「住持還在裡面啊！」幾個和尚大喊著。

「屋樑都倒了，不能進去、太危險了！」其他人拽著和尚們，說時遲那時快，本妙寺屋頂塌了下來，燃燒著的瓦片落下，又砸死了幾個人。

小林跟季芮晨呆站在原地，他們緩緩回頭，本妙寺在居高臨下之處，可以清楚的看見，火星伴隨著狂風，已經燒上了所有的林木，一路往下燒去，靠近本妙寺的人家也已經點燃，火勢在狂風助長之下越燒越旺，一間接著一間，用迅雷不及掩耳的速度燃燒著。

噹噹噹——火警鐘的聲音響起了，噹噹聲響。

小林瞪圓了眼，看向臉色蒼白的季芮晨，他們不敢說話，幾乎連呼吸都做不到，這是一六五七年的江戶大火當晚！

「不——哇啊啊——」驀地淒厲的慘叫從廟裡傳出，一個全身是火的人衝了出來。

那聲音！小林顫了一下身子，是剛剛那個住持！

「振袖！振袖——」

住持雙臂展開，痛徹心腑的慘叫著，無力的跪上了地，仰天長嘯，渾身顫抖。「為什麼？」

喀啦——樹木、屋頂接連崩塌倒下，風不停的吹送火星，季芮晨忍不住發抖，緊緊握著小林的手，他們正在目睹歷史。

唰——突然間，有什麼東西掠過了，季芮晨緊張的往後望去。

小林跟著回身，在滿是火光的照耀下，他們看見飛掠過去的，是飄揚的衣物。紫色的振袖。

季芮晨瞪大了眼睛——為什麼振袖並沒有燒燬？

不！等一下！她不顧一切的鬆開手，直接朝著振袖消失的彎處狂奔而去！小林措手不及，只能眼睜睜看著奔離的季芮晨，連拉都拉不住！

「季芮晨！」

第七章・半燬の振袖

「站住！等一下！」季芮晨高聲喊著，拚命往前追。

振袖並非因風飛舞，是有人竟抱著那振袖，在黑暗裡奔跑，振袖的衣襬上甚至還有燒焦的痕跡；人影在火光中跳躍，因為那人跑到本妙寺的另一個角落，跳過墳區、穿過樹木，接著又翻過了牆。

季芮晨不知道哪兒來的衝勁，居然緊追不捨，即使中間躍過石墳時擦傷了，或是被絆得踉蹌，也沒有放棄的念頭，她只想知道是誰拿走了振袖！就算是焚燒中飛起，也不該有人會抱著它離開火場，除非——是瀨戶千紗！

但是，那奔跑的方式跟身影，不像是身著和服的女性！而且千紗都成鬼了，不必跑得這麼辛苦吧！

「你要把振袖拿去哪裡，站住！」季芮晨伴隨著大吼，吃力的攀住牆頭，使勁的想翻過牆去。

「季芮晨！妳在做什麼？」小林奔來，只見到她半趴在牆頭上的殘影，下一秒她整個人就翻過牆去了。

「哇呀——」只是接下來是尖叫聲，嚇得小林二話不說立刻跳上牆！

只是右腳還沒跨上去，背後忽然有隻手攫住他的衣服，小林倒抽一口氣，下一秒直接被向後拖拽——小晨！

砰！「哇啊啊！」

季芮晨原本以為翻下牆後頂多摔傷，怎麼知道居然連個立足之地都沒有？牆外居然是斜坡，全是鬆土與樹木，而現在好幾棵樹都已經燒了起來，葉端燃著橘色星火，一片傳遞一片。

她毫無準備的翻牆後就是直接往下滾去，擦撞樹木或是直接撞上，咚咚咚的一路往下滾，一直到一棵粗壯的大樹，她才拚命以雙手緊抱住，以防自己再繼續滾落。

她上氣不接下氣的半躺在斜坡上，耳邊傳來碎步奔跑聲，吃力的撐起身子，看著在火光中的身影，真的是個男人，抱著振袖在小路上奔跑，一直到一處轉彎失去了他的蹤影。

小偷嗎？到寺廟偷東西就算了，本妙寺現在水深火熱，還有偷兒有良心偷竊？還偷一件被燒到一半的振袖？要她就偷香油錢！更讓她晨感到不可思議的是，那件振袖居然並沒有被燒掉！

那偷兒是否有躲過江戶大火她不知道，但至少振袖第一時間並沒有在本妙寺燒燬，不過直覺告訴她，振袖還在……四百年前千紗可以透過振袖附身在其他女孩身上，四百年後許芷凌也接觸到了！

莊舒帆說的，許芷凌買了一條紫色手帕，上頭還有如和服圖案的精細繡工，看起來並非全新，有一種復古風。

該不會是以振袖剩餘完好的部分去裁剪重製的吧？她只能這麼猜啊！因為許芷凌一定接觸過振袖，千紗才能夠有所依憑！

季芮晨吃力的撐坐起身，往後靠向抱著的樹幹，她耳邊傳來劈哩啪啦的聲響，仰頭可以看見樹樹相連，火星連傳，再不久，這片林子也要成為火海了。

小林呢？他應該在她身後的，為什麼到現在還沒下來？

她焦急的回首，還沒有心思思考這是幻覺還是真實，如果她真的回到江戶，為什麼不讓她早一點回來，至少可以阻止振袖投入火中……不對，她在想什麼？穿越劇看這麼多，難道不知道改變歷史很要不得嗎？

瞬間，她突然感到身軀之下的土壤震動。

咦？季芮晨嚇了一跳，地震？大火加地震？她不記得有這段記載吧？可是她四周的丘地真的微微震顫，肉眼可見土壤往下散落，只是定神一瞧，並不是大地晃動。而是局部的土塊朝兩旁散開，彷彿土裡有什麼東西——媽呀！

季芮晨立刻慌亂的試圖站起，她杜絕腦子繼續猜測到底是什麼東西！

震動加上斜坡，她站起來的動作無法迅速俐落，只能用雙臂的力道抱著樹撐起身子，只是才半蹲的狀況下，眼尾看見一撮土中央凹陷，倏地鑽出了手！

她就知道！季芮晨不顧一切的腎上腺素發作，立時站起身要往本妙寺裡去，可是她腳下土壤大崩落，讓她直接往下方滑去！

「哇啊——小林！小林……」她大喊著，不對，這時候應該要喊：「小櫻！Margarita！」

好幾雙手從土裡竄出後立刻抓住她的腳，止住了她往下滑落的趨勢，可是她沒有一絲一毫的開心啊！

季芮晨就這樣趴在土丘上，眼睜睜看著人頭從土裡緩緩鑽出，想當然耳，絕對好看不到哪兒的啊！

「放手，你們能鑽出來是我給你們力量，放、放尊重點！」季芮晨板起臉孔，走教訓模式。

小櫻呢？這應該只是靈體意識的穿越，他們死到哪邊去了？

『好燙啊……我們沒有錯！我們只是老老實實的生活而已！』腐朽的死靈對著她說話，『這場火燒掉了所有的希望啊！』

『我下個月要娶媳婦了，我要孝敬父親母親，就這樣什麼都沒了！』曾幾何時，重重腐屍包圍住她，並且朝著她湧來。『就為了一個人！那一個人！』

『不值得！為什麼我們要被犧牲？』

『還我們的命來！我們的生活，我們的親人啊！』死靈們發狂而猙獰，動手撕扯她！

「住手！不關我的事！振袖被帶走了，去找千紗，她的墳你們知道在哪裡的！」她尖叫著，開始掙扎。

『不！跟瀨戶千紗無關，妳明明知道！』

「我不知道，我什麼都——」季芮晨一錯愕，咦？

跟千紗無關？怨靈們認為這場大火會跟千紗無關？卻又說為了「那個人」，難道——他們把罪過，怪給了那個侍童？

那個讓千紗抑鬱而終，死後執著成怨靈的侍童！啊……她為什麼沒有用另一個角度去思考？

見不著侍童，會不會不是雙親的阻撓，而是那侍童根本不想見她？高橋櫻的父母請了江戶所有的年輕男子前往，但她都說不是啊！

所以說……侍童是外地人士？不知江戶奇談，就是他根本避不見面，所以才造成後面這樣多悲慘的事……「啊！好痛！」一有亡靈劃上了她的小腿肚，季芮晨咬著牙回首，使勁扯斷了頸子間的護身符。

「放開我！」她拿著護身符對向身邊的鬼，他們瞬間驚恐鬆手，發出忿怒但淒涼的叫聲。

但是，因為他們鬆手，所以季芮晨直接滑下去了！

『啊啊！妳憑什麼用那個！我們死了！我們被燒死了啊！』

季芮晨簡直是趴著在玩溜滑梯，仰頭可以看見怒不可遏的咆哮死靈們，這樣看，就可以清楚的看見他們果然全身都焦黑的狀況，肚破腸流……不是，她這是要滑到哪邊去啊？

砰！咚——季芮晨砰磅一聲覺得天旋地轉，接著又是一個翻滾，她落下了沒幾公分的高度，可是摔得好痛！

天哪……痛死了……腳步聲跟著傳來，然後是閃亮的光線隨之一閃！

「搞什……」季芮晨被那閃光嚇到，半睜開眼，看見一個鏡頭正對著她。

「小晨，妳怎麼從這裡出來啊？」劉俐孜雙手撐著大腿，彎著腰正瞅著她。「門在上面耶！」

季芮晨皺著眉看向那對情人，邵志倫還在喀嚓拍攝，季芮晨朝四周瞥了眼，很好，夜涼如水，沒有發生大火的跡象，而且老實說，右手邊早就不是土坡了，四百年的變遷，一切都不同了。

「可以不要再拍了嗎？」她放棄的躺在地上，伸出一隻手。「麻煩拉我起來，謝謝！」

劉俐孜咯咯笑著，小心翼翼將她拉起，一邊拉還一邊往上看。「妳翻牆出來喔？」

「說來話長。」她唉呀的全身都痛，衣服上全是土塊的髒汙或是黑色的炭墨痕跡，而小腿──「唔！」

她回身探視右小腿，牛仔褲一片濕濡，該死，真的流血了。

「受傷了？」邵志倫終於停止照相，「摔到的嗎？」

「小事。」跟他們說也白搭，「咦？小林呢？有看到他嗎？」

「他不是跟妳一起進去？」邵志倫環顧四周，「只有妳翻牆……你們在比哪條路比較快嗎？」

季芮晨扁了嘴，現在一點都沒有心情搞笑啦！劉俐孜看出她不太高興，趕緊示意男友上去找一下小林啦。

她便扶季芮晨到一旁坐著，季芮晨趁勢看一下錶，已經十一點半了。「欸，妳也去，這麼黑不要落單！」

「我？我走就換妳落單了！」劉俐孜笑了起來，這什麼理論？

「我沒關係，快上去看看。」季芮晨催促著，劉俐孜遲疑著，後來才勉為其難的往上奔去。

確定她一跑上去，季芮晨立刻不悅的正首：「喂！太過分了吧，居然沒人救我！」

模糊的身影出現在她跟前，小櫻換上了粉色的櫻花和服，一臉委屈的看著她。『人家不是故意的，妳只有靈魂過去，我沒辦法嘛！』

「欸，妳是鬼耶！妳不能一起回去嗎？」季芮晨這會兒全身都痛，她才委屈吧？

『沒辦法，那是有人刻意設計的，出入口在本妙寺裡，我們進不去，也無法一起回去。』標準的波蘭語出現，Kacper 在右前方，倚著樹。『而且我們前世不在這裡，沒有辦法回去。』

「有人刻意設計？該不會又是千紗吧！」季芮晨擰眉，「咦？你剛剛說什麼，前世？」

『妳應該是回到前世曾待過的地方吧？那是一種回憶，不是什麼穿越！』Margarita 突然坐在她身邊，『並不是大家前世都在那時。』

季芮晨瞪大了眼睛，言下之意——「我前世曾在那個時代？」所以她看見的是自己曾擁有的過去。

Kacper 沒有回應，神情嚴肅，卻一副欲言又止的樣子，季芮晨看得出來他知道什麼，可是連小櫻都避開她的眼神。

『双ちゃん，妳只要記住不是妳的錯就好了。』小櫻幽幽的說著，笑得有點淒美。『小林來了。』

他們倏地消失，季芮晨還搞不清楚小櫻說的話，回首看去，果然看見三個人又魚貫而下；她拐著腳站起身，憂心忡忡的看著在邵志倫身後的高大人影……

「妳怎麼了？他們說妳受傷了！」小林直接衝到她面前，檢視她的全身上下。「怎麼弄的？發生了什麼事？」

「小晨從前頭那邊摔到路面上說！我跟他在拍照，莫名其妙就聽見有人在哀鳴！」劉俐孜指著正前方的陰暗處，「你們不是一起在裡面嗎？她翻牆你不知道？」

小林只顧凝視著她，「對不起，沒追上妳。」

「我真的以為你在我後面……」她咬了咬唇，事實上有點失望，還有慌張。

至少一個人在那火林下，在亡者的咆哮聲中時，她是希望小林在身邊……並不是他能幫她解決什麼，而是心裡會踏實很多。

「我原本真的是在妳後面，如果……」他沉下雙眸，不是被人拽下來的話！

他眨眼間回到現代，連被誰拉下來都不知道，只看見寂靜無聲的本妙寺，狼狽的跌落在地，屁股下的亡者鬼哭神號，才發現他踩到了一個很可憐的老婆婆。

「算了，我們先回去吧！有事回去再說，這邊待越久我越不舒服。」季芮晨搖了搖頭，他可以不必現在講的。

小林微笑，知道季芮晨已經為他設想，這對情人在這兒，的確也不該說太多。

「走了，你們進去過了沒？」他攙起季芮晨，問著邵志倫。「到底是想看什麼？參拜嗎？」

「不是啊，你有看《棋魂》嗎？」邵志倫突然興致勃勃，「東京也有秀策的墓，就在這間本妙寺裡！裡面有『本因坊歷代之墓耶』！這是從初代的圍棋高手本因坊算砂而來，代代相傳，直到第二十一代秀哉，之後成為圍棋界的高等頭銜啊！」

季芮晨跟小林啞口無言的望著這對興奮的情侶，他們完全不想做任何回應，只顧著邁開步伐，疾步的朝前走去！

有沒有搞錯，他們只是為了走一趟漫畫之旅？

「欸，你們態度很差耶！這是朝聖耶！」邵志倫還在後面喊著。

「別管他們了啦！」劉俐孜咯咯笑個不停，「反正我們都達到最終目標啦，對吧！」對，最終目標。

季芮晨放心的把身體一半的力量放在小林身上，開始低語，說著她翻過牆後的事，火、振袖、亡者與傷勢。

「振袖沒有燒掉……」小林神情嚴肅起來，「如果有人真的把它做成別的東西，那簡直就是禍害。」

「莊舒帆說許芷凌買了一條手帕，我明天想去看看。」行李鎖在遊覽車裡，得明天一大早處理。

「大火亡者又是怎麼回事？為什麼傷妳？」小林不悅的看著她一拐一拐的右腳，「如果是被死靈所傷，回去得要特別處理！」

「你有準備吧？」她用閃亮亮的眼神望著他。

「喂，妳不會什麼都沒準備吧？我之前才教過妳不是嗎？」小林不耐煩的瞪著她，「妳還真以為自己是永遠的 Lucky Girl ？」

「啊就很少受傷啊！我哪一次不是毫髮無傷？」她委屈得咧，「可是以前的鬼不會針對我，這次的好像比較白目一點！他們不知道我是給他們力量的源頭嗎？」

的確，過去發生事故中，都是厲鬼因為季芮晨得到復仇或是殘殺的力量，他們自然要保她周全，因為有她，才有力量。

「還有，亡者對於失火的事很有意見，但是他們不怪千紗。」她雙眼熠熠有光，完全就是希望小林猜猜可能是誰。

小林狐疑的瞥了她一眼，幾乎沒有思考多久，斬釘截鐵的說：「侍童嗎？」

「咦？你怎麼知道！」她嚷嚷起來，分貝有點高，讓後頭的情侶好奇的加快腳步，也湊上前來。

「這很好想啊，人類的通性，要怪罪都能找到理由的！如果連作祟的鬼都不責罪的話，那不是怪她的父母——疑似阻止她跟侍童見面，就是直接怪那個不出現的侍童，讓女孩子憂鬱而亡。」

所謂因果，有因才有果，但是人們很容易看事情不看因，只看結果，再用結果去亂推一堆「因」，模糊焦點，或是扭曲事實。

最簡單的就是排隊買限量商品，插隊的人千夫所指，當大家對於插隊者無能為力或是爆發口角後，絕對會有人怪的是動線設計不良、或是商家沒有仔細監督是否有插隊者，但事實上這件事唯一的問題是：根本不該插隊。

或是最平常的，責怪交警躲起來抓違規、天橋上偷拍，國道上偽裝房車的偵防車，一旦有人超速或行駛路肩才會鳴警笛……其實這件事唯一錯的，是「根本不該犯規」。不超速、不違規、不行駛路肩、不壓雙黃線，不管交警躲在哪裡，甚至隱形起來，也都無法開罰啊！

但是人很怪，不但不會怪自己、不會怪真正犯錯的人，卻喜歡怪一些非直接導致結果的因素；像那群亡靈，如果連真正作祟的厲鬼都沒有怨言，那鐵定又是找一些路人來怪罪了。

小林永遠搞不懂這其中的道理，彷彿怪罪真正的禍源就很遜似的，一定要抓一個不相關甚至無理的人來責備。

「這不是很怪嗎？那……那個侍童搞不好根本不知道千紗喜歡他吧？他可能知道有個商人的女兒在找一見鍾情的男人，那天穿著紫綴綢在哪兒賞花，但是春季賞花的人這麼多，他壓根兒也不會想到是自己。」季芮晨開始為侍童抱屈了，「這樣把矛頭指向他，太說不過去了。」

「妳不知道人在怪罪歪理時都特別理直氣壯嗎？」小林失聲而笑，「總是如此啊……」

遠遠的，他望向遠方輕笑，若有所指，表情複雜的藏了很多情緒，季芮晨看得出來，因為那跟她很像。

因為自己是Lucky Girl之故，從來不會出事，可是卻一直在參加葬禮，至親好友，只要跟她親近的幾乎沒有活口，當別人讚美她的幸運時，她也都會用笑容帶過一切，藏去心中所有的情緒。

她每發生一次奇蹟，最少一條人命，至多是三十七條人命。

「連本妙寺開門的都不是人啊……」後面傳來邵志倫的聲音，邊說邊按著相機照片，嗶嗶嗶嗶的聲音。「橘色的人，他身上著火耶！」

「我會勸你那台相機不要用太久……」小林認真說著，「那東西不好。」

「我以為我不害人人不害我，何況只是照相而已！」他倒挺泰然的。

「別天真，這世界上你不害人，別人還是會害你的！」小林回頭看著他，「害人之心不可有，但防人之心不可無，就是指這個。」

「唉！好麻煩！」邵志倫搔了搔頭，「欸，你們剛剛說的侍童，是傳說中那個小姐迷戀上的男生喔！我如果是他，也不會去見那種女人吧！」

咦？季芮晨不由得回首。「為什麼？」

「莫名其妙的就說喜歡，還非得見一面，說得跟戀愛一樣，甚至鬱鬱寡歡，要我會覺得這女人有病！」邵志倫說得振振有詞，「如果知道她死後會變成厲鬼或是造成江戶大火，那是咬牙也會去，問題是這不是能預知的事啊，所以誰要去啊？」

「那如果是首富的女兒呢？」劉俐孜笑容可掬的奔到他身邊，親暱勾住他。「很有錢很有錢，少奮鬥五十年！」

「那也不去！」他笑看著自己的女人，「我寧可跟妳辛苦的奮鬥五十年。」

「嘻……」劉俐孜甜甜蜜蜜的挽著他的手，貼上他的臂彎，由於太閃亮，讓小林跟季芮晨尷尬的正首，繼續往下頭走去。

計程車在下面一點的地方等他們，跳表費照計，這樣比較方便。

「欸，小晨！」劉俐孜話裡帶蜜的喚著，「妳，相信前世今生嗎？」

咦？聽見這詞讓季芮晨心跳漏了幾拍，剛剛不久之前，Margarita 才跟她提過……她的前世極有可能就是在江戶大火的年代，所以靈魂得以回顧那場災害。

「嗯……寧可信其有吧？」她笑得勉強。

「我相信喔！我覺得人與人的緣分是每一世累積下來的，有人不是說今世是父母手足或情人的人，上一世也都是自己周遭的人嗎？」劉俐孜仰首看著邵志倫，「那我們上輩子一定也是夫妻，恩恩愛愛，這一世繼續！」

KISS 聲傳來，哎唷！後面的卿卿我我讓前面這對尷尬異常，他們也不知道該怎麼辦，兩人如此靠近，都能聽到彼此的心跳聲。

季芮晨覺得好緊張，緊張到覺得再沉默下去她會瘋掉！

「剛剛邵先生說的也滿有道理，這裡面有好多不確定的因素喔！」她聲調有些緊繃，「說不定那個侍童也是這麼想，說不定……他已經有喜歡的人了！」

「嗯……」小林虛應故事，一邊纏著她，一邊看著她。「妳好像很緊張？」

「哪、哪有！」她邊說，身體下意識的站直，不敢再依靠他。

「看，身體有夠僵硬，而且剛剛明明賴在我身上，現在卻想自己走了。」他挑眉，一把將她拉回懷裡。「那樣的腳不能施力，不要胡思亂想！」

「我、我沒有胡思亂想！我現在想的是誰拿走了振袖？亡靈為什麼要怪罪侍童，還有他們幹嘛找我麻煩，許芷凌究竟買到了什麼……」她吱吱喳喳的，最重要的是，千紗下一步要做什麼？被附身的人又會是誰？

還有，她忍不住看向小林，她現在一心一意認定了小林，是否會對他不利？

她應該要想這個的，但是為什麼心跳得好快，而且腦子裡一團亂，都是後面那對，搞得她渾身不自在！

「妳該不會在想我會不會喜歡妳吧？」小林冷不防脫口而出，「靠這麼近，而且又常牽妳的手，摟妳抱妳……」

「沒、沒的事！我怎麼會去想那個！」季芮晨簡直要尖叫了，小林說得這麼明白幹什麼啦啦啦！

「妳是可以開始想了。」小林勾起微笑，凝視著她。「我是喜歡妳，季芮晨。」

咦？季芮晨瞪圓了眼，差點連走都不會走了！

就這麼呆望著小林的側臉，喀嚓一聲，後面居然有人偷拍！

「哇，這張讚！好甜蜜！」邵志倫笑吟吟的看著，「回去我再洗出來給你！」

「喂！」季芮晨簡直羞得面紅耳赤。

小林朗聲大笑說一定要多洗幾張給他，然後他們笑著走到計程車停靠點，季芮晨被推坐進去時，腦袋還是一片空白！

小林坐在前面，情人們跟季芮晨坐在後頭，跟計程車司機說了飯店地點後，他們便離開了巢鴨；司機一邊開車，一邊皺著眉看著後照鏡，季芮晨還是出神狀態，但這引起了小林的注意。

他回頭，遠遠的在黑暗的小路上，看見朦朧白色的影子。

這個回頭讓季芮晨嚇了一跳，她簡直不敢直視他，怎麼辦！她臉一定紅了！

「小晨，後面。」他下巴點著。

「什麼後……後面？」季芮晨愣了兩秒，再幽幽往後面看。

只看到一個簡直是飛衝過來的人影，倏地跳上車子，根本是黏在後車廂上，那該是青春的少女臉龐，此時此刻竟是盛怒異常，緊貼著車窗咆哮大吼：

『原來就是妳——阻止他喜歡我！』

咦？

第八章．重返江戶

「所以……」

季芮晨兩眼無神，腦子放空倚在牆上，總覺得外頭光線有點亮，像是有扇窗子要蓋下似的，眼前的景物變得越來越小……細得像條縫，然後……

「季芮晨！」身邊一道力推了過來，季芮晨差點尖叫跳起，瞪圓了眼向右手邊瞪：幹嘛啦！

「小姐？」警察笑看著她，「辛苦了，看樣子昨天太疲憊了！」

「啊！沒事！對不起！」季芮晨搓了搓臉，她居然站著打盹，太丟臉了。「剛剛說到哪裡，啊，許太太！」

「調查不會那麼快結束，所以許太太可能必須待在日本一陣子，這方面台北已經跟我們聯繫了，所以妳也就不必太過擔心。」警方客氣的看向她腳邊，「那是她的行李嗎？」

行李。季芮晨往左邊看向腳邊的三口箱子，而今，只有一個是有人用的。「是，是許家人的箱子，許先生、許芷凌跟許太太。」

她不能為他人的行李作主，今早警方打電話要她將許太太的行李拿過來，她就一塊兒都帶了。

「我想見一下許太太，方便嗎？」她試著問問，昨天出事後，就沒再見過她了。

「啊……」警方遲疑數秒，回身往不知名的方向看去。「應該沒問題的，她等一下就到了。」

「那好，我們等等。」她轉向一旁的椅子看去，她現在好想坐下來。

小林輕笑，昨夜相當難熬，他們誰都沒睡穩。

在計程車上時，瀨戶千紗從後面追撲上來，讓季芮晨拿著護符貼上後窗才勉強逼走，但是她一路跟飛一路咆哮，完完全全針對季芮晨：因為她認為侍童心有所屬，才會不要她。

雖然不知道在哪兒之後她就消失了，但是她的吼叫聲依然不絕於耳，例如：「我一定要殺了妳，妳阻止我跟他在一起！」

最後搞得小林就睡在她房裡，門窗上都貼了符，門把上掛了護身，他還把小佛像擺在出入口跟鏡子前，擺上去時鏡子無聲震盪，像是有人從另一側不爽的敲打鏡面似的。

儘管如此，她還是睡不安穩，因為她明知道厲鬼得到她的幫助而力量增大，一旦增強，這些什麼符啊咒啊佛像啊，能有多少作用？

就這樣抱持著極度不安過了一夜，她沒睡沉，小林也是，兩個人半夢半醒的直到天亮，她還因為腳傷難以入眠，小林幫她用符水消毒……那簡直痛死人！不咬著東西，她一定會尖叫到別人以為發生命案！

而且消毒完，她的小腿肚還是發黑啊，被死靈傷到居然這麼可怕，這點她經驗值實在太低了。

小林主動拉過她，將她往椅子上安置，還跟警方要了兩杯咖啡，他們非常需要提神。

「你為什麼今天又穿紫色的？」季芮晨非常不高興的瞪著他的衣服，「你是怕千紗找不到你嗎？」

「我怕她去找別人。」小林聳了聳肩，「找我總比找別人好，而且我不認為她會錯認。」

昨天在本妙寺那兒遇上不是偶然，小林認為千紗是跟著他們的。

「中村鈴葉不就是找穿紫色的示愛？不是就殺掉？」季芮晨知道小林的用意，但就是開心不起來。「你這樣簡直是自找麻煩。」

「閃不過的事就不要閃，對方如果認定我是侍童，沒有這麼容易就放手的。」小林帶著淺笑，警方適巧送上咖啡，他道謝著接過。「我們不如仔細想一下，要怎麼解決掉她的愛慕比較重要。」

「我比較擔心那件振袖到底做成了多少東西？給了多少人？還有幾個許芷凌？」說實話，許芷凌那種見人就砍的姿態，有點像是本妙寺燃火住持口中的中村鈴葉。

季芮晨掛心於年紀相仿的莊舒帆，畢竟當年千紗就是這樣轉附身的。

外頭一陣嘈雜，不一會兒走進面容憔悴的許太太。她氣色相當差，雙眼紅腫，甚至有些恍神，相當緩慢的步入，一見到季芮晨，眼淚就滾了出來。

「許太太……」季芮晨趕緊走上前，「還好嗎？昨天晚上有吃嗎？妳要節哀啊！」

她身後走進幾個台北辦事處的人，大家只是頷首打招呼。

「我把妳的行李帶來了，許芷凌跟許先生的……我不知道要怎麼處理，妳覺得呢？」季芮晨邊說，一邊有技巧的把許太太往裡帶了幾步。「還有，我想問一下，芷凌昨天早上在淺草寺買了什麼？」

「咦？」許太太明顯一怔，「她買了什麼？」

「嗯，我想……」季芮晨不知道該怎麼說，才能避開許芷凌可能是被附身的這件事。

「是因為莊舒帆有東西放在許芷凌那裡，似乎是託買的。」小林忽然來到她身後，說得從容不迫。「她們在淺草商店街買東西時，有看到一條紫色的手帕，當時就託在攤上的許芷凌買。」

哇塞！季芮晨算是開了眼界，想不到小林說謊說得這麼流暢！

「啊啊……是這樣啊！」許太太說話很虛弱，拎起手提袋，一下就拉出了一小包塑膠袋。「這是她先放在我這裡的，她說要送給、送給同學……」

語不成聲，許太太鼻酸的又哭了起來，季芮晨趕緊輕搭其雙肩聊以安慰，她也只會做這個動作。

送走每一位朋友、每一個姐妹淘、每一個親人時，她最後能做的都只有這樣。參加無數場葬禮，唯一活下的人安慰著死者家屬，聽他們撕心裂肺的悲泣聲，她沒有想過，久了也是會習慣的。

小林輕巧的接過許太太手裡的袋子，一打開就看見了那條紫色的手帕，他沒有用手直接拿取，掌心裡早藏了一張符紙，包著手帕的邊緣拿起——

『好想他好想他我好想他喔！』

接觸的瞬間，一股聲音直接竄進了他腦門，讓他差點滑了手！

「這，個。」小林加強語調，季芮晨才回首，卻明顯得往後踉蹌——就是這花紋！

昨天在本妙寺見到的那件振袖！

「那就麻煩你們拿給她了，行李……三件都放在我這兒吧！」許太太悲痛的說著，「真抱歉，居然、居然發生這種……這種事……」

「許太太，不要道歉，誰都沒有錯。」季芮晨趕緊重新握住她的雙臂，「沒有人能預料發生什麼事，也沒有人希望發生悲劇，妳現在要做的是堅強起來，還要送他們父女回台灣，不是嗎？」

許太太緊抿著唇顫抖，只能不斷的點頭再點頭，抿著唇是在忍住隨時潰堤的悲傷，季芮晨都懂。

最後她再跟辦事處的人客套寒暄幾句，表明團員還在進行旅程，他們必須儘快趕回去。

「還在繼續觀光嗎？」辦事處的人很驚訝，「我以為……」

「現在要臨時訂機位很難，公司也覺得可以繼續行程，畢竟剩下的天數不多，可能等我們喬好，也剛好是要回去的時間了。」季芮晨一口氣解釋清楚，「我也經過團員同意，而且這也是團員主動提出的。」

她沒說謊，原本昨晚大家情緒低迷，但是在她聯絡過公司而且無法做最佳決定時，張太太跟莊太太一起來找她，說大家覺得可以試著繼續走行程，只是縮短一些景點，盡可能還是在東京一帶。

一來是怕警方又有事要問，二來大家只是想繼續做點事，不想沉浸在昨日的恐懼與悲傷當中。

所以今天她帶大家去築地一帶，並且還是請美代子過來幫忙，美代子剛好有團，但是再一小時就結束，所以放大家自由活動後，手機保持暢通，再約好時間跟地點集合。

原本團員自由活動時就無法追蹤每個人，所以對行程不成大礙。

「好吧，還是小心一點。」辦事處的人居然主動送他們出去，「我知道警察問過了，但我想私下再問一下：昨天發生事情前，兇手真的沒有預兆嗎？」

「預兆？」季芮晨失聲而笑，「你該不會是指殺人動機吧？我不知道……也看不出來，只知道她突然搶了刀子就開始濫殺。」

「那說日語的部分呢？她母親說她根本不會日語。」辦事處的人壓低聲音，似乎在避免警方聽見。

「中邪吧！」小林突然說出正確答案，然後一把將季芮晨從辦事處人員的手中拉回。

「我覺得這個理由最充分了！」

咦咦？季芮晨直接被摟著離開，一路走出警局。

記者們依然守候，只是沒有昨天這麼多，而且季芮晨他們都戴著帽子，打扮輕鬆，剛剛獨自前來，現在又離去，記者們也不太能辨認他們是不是跟昨天上野命案有關的人士。

不過寧可錯殺一百不可放過一人，一看到有人出來，他們再度架起攝影機跟麥克風，直接衝了過來，日語追問，這時季芮晨就會低著頭用標準日語說：「找錯人了，我們跟上野公園的事件無關，謝謝！」

幾乎一聽到標準日語，記者們就會收手，因為他們接受到的資訊是台灣團，加上季芮晨毫無腔調的日語，讓他們以為是當地人士。

順利的離開記者群後，季芮晨覺得寧可使計面對記者，也比昨天那種大雨滂沱的閃躲好，瞧眼前熱鬧的街道，誰能想像昨天下午有多少火焚的亡者找她要一個公道。

小林把手帕亮給她看，神情有些嚴肅。

「就是它沒錯，是那件振袖……所以千紗身上穿的那件並不是訂做的那件！」也是紫色的啊，她太先入為主了！「有人撿走了振袖，還把它裁成小塊，分製成這麼多東西……」

說著，季芮晨伸手就要拿帕子，小林立刻高舉。

「小心，上面有思念。」小林謹慎的稍抬兩根指頭，好讓季芮晨瞧見裡頭的符紙，「我隔著符紙都能聽見振袖上的思念。」

「思念？」季芮晨好錯愕，她聽不懂！這不就是一塊布嗎？

「嗯，說著她很想很想那個侍童，像是千紗在哭泣祈求的聲音！」小林反覆望著那塊手帕，搖了搖頭。「真可怕的執著，想法與思念都傳遞到這塊布上，記載下來了。」

「布可以記載……四百年前她說的話？」這也太神奇了吧！

「萬事萬物都可以記載，人的感情會波動，千紗對那侍童的思念過深，每天都只對著振袖訴說，它是最直接吸收到千紗情感的東西。」小林嘆息，花樣年華，對著振袖哭訴得不到的愛情。

「所以，它也能記載中村鈴葉或是高橋櫻的情感嗎？」季芮晨二話不說，立刻踮起腳尖。「給我！我來聽！」

「妳瘋了嗎？如果千紗能藉由這種東西控制許芷凌，妳碰了還得了！」小林舉直手，季芮晨就橫豎搆不著。

「不可能啦，有Margarita他們在，要附身豈有這麼容易！」她噘起嘴，「小林，我不是跟你開玩笑！我能讀到的力量一定比你大！」

小林倒抽一口氣，他知道，這還用講嗎？但正是如此，他才不想讓她觸碰！

可是，他也知道，寄託在振袖上的思念，說不定能讓他們更加了解那時候發生的事，也能找出解決千紗執念的問題！

「小心。」他不甘願的遞給她。

能怎麼小心？她只能寄託身邊的亡靈們了！她遲疑著，心跳變得很快，所謂寄託在物品上的思念，究竟是怎麼樣？

深吸了一口氣，她咬著牙接過了手帕！

一股「思念」直接竄進了她的腦子裡，變成一幕幕畫面、一句句聲音！一個女孩跪在振袖前，鎮日以淚洗面！

『他不知道我在找他嗎？為什麼不來見我？』『我好想穿上這件衣服，跟他站在一起……』『人呢？找到了沒，是不是你們把他藏起來了！』『騙人！我才不相信！他是喜歡我的！那天他也回應了我，對我笑了！』『誰？誰搶走他！哪個賤女人？身分低賤的女人，憑什麼跟我爭奪！』『太過分了，居然有人企圖奪走他！我絕不放手，絕對不讓！』『我不知道……我找錯了，我又找錯人了！他人呢！在哪裡！』

緊接著是第二段聲音，與千紗截然不同。

『誰！是你嗎？不……滾開！』『去哪裡了！你為什麼躲我？』『出來！我沒怪你的意思，我好期待穿上去給你看，你只看過這麼一次……為什麼不稱讚我漂亮呢？』『好驚險啊，你差一點點就要被燒掉了……放心好了，企圖傷害你的人，已經不在了，喜歡燒，為什麼不焚燒自己呢？老頭？』『放我出去啊！我要去找他！休想阻止我……你要做什麼？』

火……是油商之女中村鈴葉，住持說得果然沒錯！這裡的思念像是灌程式一般流動，季芮晨差點就處理不及，而下一秒，居然是不同的兩個聲音湧來。

『啊啊啊——妳是什麼！我不要穿！脫！快點脫下來！』『好美，我就知道我穿起來會這麼美！』『不——快去找，找那個人！我答應幫妳找人，妳放過我！』『他會想看我穿得這樣美的，不能脫喔！』『我生病了，妳這個惡鬼，我要洗澡我要看醫生，妳滾！滾開，我已經很努力在找他了！』『不夠努力，如果更努力的話，為什麼我到現在還見不到他呢？』『喜歡一個人有錯嗎？為什麼每個人都要阻礙我？那你們就全部都去死吧！哈哈哈！看火燒得多美！多旺啊！』

這是……季芮晨倏地瞪大雙眼，下一秒緊閉，雙腳一軟居然癱了下去，小林直接扣住她的身子，奪回了手帕。

「小晨！小晨！」他慌張的晃動她的身體，她剛剛翻白眼的模樣太嚇人！「季芮晨！回答我！」

「沒事……只是資訊多了一點。」她整個人直接意圖蹲下，所以小林鬆手，讓她蹲著。「像是瞬間傳輸了大量的資料進硬碟，可是記憶體有點不足的感覺。」

「要不要喝點什麼冰的鎮定？」他憂心忡忡。

「不，只是頭暈，休息一下就好。」她揚睫看向他，「三個少女的聲音我都聽見了，她們都對著振袖說話，最後一個高橋櫻的意識最清醒，身體被控制，所以是兩個人在一個身體裡拔河。」

「老實說，這種附身最慘。」小林擰眉，「意識清楚卻控制不了自己的身體，對本體來說是非常痛苦的。」

「嗯……而且，我覺得千紗早就見過侍童了！」她幽幽說著，小林瞪圓雙眼。「在那之後就見過了，而且侍童好像也已經另有心上人了！」

「怎麼……」

「出現賤女人的詞，而且還是侍童躲她，甚至在之前千紗就穿過振袖跟侍童見過面了。」季芮晨皺著眉，認真思考。「我要花點時間重組一下，但是我聽到的是千紗穿過振袖，並非如傳說中都沒穿過，甚至也跟侍童見過面，而侍童身邊有個女人……而後來的少女是真的在尋找侍童，因為他可能躲起來了。」

季芮晨伸出手，小林立刻將她拉起來。「這太匪夷所思了，如果當年真的是這麼大的事件，住持會不知道侍童曾出現過？」

「事有蹊蹺。」季芮晨做了幾個深呼吸，「還有，我大概知道為什麼罹難者會覺得江戶大火是屠殺了——千紗覺得全江戶都在妨礙她的戀情，所以讓振袖引起火災。」

這是瀨戶千紗刻意所為，專屬於她的屠殺報復。

小林嚴肅的蹙眉，如果真是如此，她刻意讓燃火的振袖飛起去延燒，那她真的是在進行屠殺。

「我們先走吧，集合時間快到了。」季芮晨看向錶，不該讓美代子代班太久。

小林還是很擔心她搖搖晃晃的身體，主動摟過她，季芮晨沒有拒絕，只是心跳得比剛剛接收思念時還要快速。

「有提到關於那個侍童跟女人的後續嗎？」小林輕聲問著。

「沒有，可是千紗好偏激，是那種任性的女孩，跟許芷凌有幾分類……不，該說是現在很多青少年都很類似。」季芮晨回憶著三段思念，都讓人厭惡。「她完全都只想自己，覺得她跟侍童是相愛的，別人在阻擾他們，認為她穿振袖會很美，侍童會希望見到她穿振袖，反正什麼都她自己想，而她覺得對就是對！」

什麼幫她燒餐廳，幫許芷凌殺死父親等等，都是自私的想法。

「所以她認定我是侍童，就一定是了……」小林反覆拿著手帕，視線很難離開，倒不是說這塊布多美，四百年的東西沒有腐朽就很厲害了，其實是……「我為什麼覺得我看過這花色？」

「咦？」季芮晨招計程車的手舉到一半停了，「昨天晚上在本妙寺啊！四百年前的景況記得嗎？」

「不不不，是最近而已！」小林為她拉開車門，還在若有所思。「類似的花色，而且也有點泛黃，很細微的地方——啊！」

他倏地瞪大雙眼，詫異的看向季芮晨。

「怎麼了！不要嚇我！」她全身都緊繃起來了。

「莊舒帆的髮帶！」他把手帕舉到她面前，手指比在一小段只有不到一公分寬的地方。「對不對！就這樣一角！」

季芮晨瞪圓了眼，回想著上午莊太太跟莊舒帆一起在餐廳叫住她，提著繼續旅程，莊舒帆提議說可以先去大江戶遊樂中心，一來放鬆，二來也可以體會舊江戶的民情感受。談定後她們回身，她今天綁著馬尾，綁著馬尾的是……天哪！季芮晨慌張的回看小林。「我沒注意！」

「沒關係！我有看見啦！」小林連忙要她別急，「束著髮帶就會出事嗎？就算沒穿著？」

「中村鈴葉連穿都沒穿啊，掛在架上，只是買回去而已！」季芮晨顫了一下身子，

「等等……要去大江戶遊樂中心[3]是莊舒帆提議的，她為什麼想到那邊去？」

因為那邊像舊江戶，所以千紗想去那裡嗎？她沒有搞清楚時代變遷嗎？

兩個人在車上慌慌張張時，手機突然響了，季芮晨手忙腳亂的拿起手機，是美代子。

果不其然，她接起電話後只說了一句「我知道了」，然後臉色趨向蒼白。

「小晨？」小林深吸了一口氣，「發生什麼事了？」

季芮晨喉頭一緊，趨前跟司機微笑。「對不起，麻煩到大江戶遊樂中心。」

美代子說，團員已經先要求過去了！

※　※　※

莊舒帆被附身了嗎？還是被控制了？有沒有可能只是小林看錯？或是他們大驚小怪？

季芮晨不給自己太多藉口，她該相信自己的負闇之力，百分之百有問題。

他們趕到中心時已經黃昏了，街道上亮起了燈，走進裡頭，真的就像電視劇裡拍的樣子，模造成從前江戶城街，旁邊的屋子裡都是餐廳或是紀念館，還有像夜市般的遊戲，吹箭、套圈、算命、棉花糖，各種樣式的古玩遊藝，簡直目不暇給！

當然是豪華了點，畢竟是觀光場所嘛！

美代子還非常愉悅的跟他們招手，小跑步的過來。「你們可以不必急的啊，他們在這邊能夠自由活動呢！」

「不能不急……」季芮晨上氣不接下氣，「人呢？」

「都去換和服了！」美代子用力點頭，把手上的資料交給她。「大家都沒什麼事，我跟他們約十分鐘後在前面那座橋集合，接著大合照後就是自由時間嘍！」

「好，謝謝妳！」季芮晨用力點頭，這個景點原本就有讓他們換和服拍照的行程，她心裡更覺得不妙了！

「沒關係，明天有事可以再找我，不過我晚上有約，我得先走嘍！」美代子又是一個禮貌的行禮。

「謝謝！」快走快走，季芮晨巴不得這裡的人全部都走最好！

美代子離開後，他們走到了小橋上等待，連怎麼辨都討論不出來，要怎麼判定莊舒帆的狀況？要怎麼留她下來？

「驅鬼你會嗎？」季芮晨焦急的問小林。

---

❸大江戶遊樂中心為東京著名觀光景點，園區內部完全仿江戶城建造，並提供和服、浴衣出租，供遊客換裝拍照。

「我不會啊！就只有之前那些防身咒語，其他我沒準備！」小林很委屈，因為他又不是道士法師。

「哎唷！那這裡有陰陽師嗎？」臨時抱佛腳，太遲了。

「我們可以把平安符什麼的都掛到她身上去，或是把佛珠給她、佛像……」小林只能想到這幾招，「不過萬一她拒絕，真的就沒轍了。」

「我……嘖！」季芮晨轉過身面對著小河，「小櫻？Margarita？Kacper？你們能幫忙嗎？」

還沒等到回答，肩後被輕點，小林指向了左方。

看見張家人雀躍的從那端走來，張義德穿了簡單的日式和服，孩子們也是，張正賢在頭上綁了布巾，張正誼還不太會用木屐走路，張媽媽則身著黃色的浴衣，手持小包包，完全日本風情。

季芮晨擠出笑容，如果不是發生這麼多事跟隱藏的厲鬼在側，她一定能發自內心燦爛的笑！嗚！

「真好看！」小林不愧是專業的領隊了，不動聲色的上前又是讚美又是幫忙拍照的，季芮晨則焦急的看著在後面走來的情人們，邵志倫穿上藍色的浴衣，劉俐孜不但穿著粉色浴衣，連頭髮都綁著丸子頭了，看上去還真的非常有日本味。

然後他們揮揮手，又跑到旁邊去照相了。

接下來，就是莊氏夫妻了，莊光仁對於浴衣有點新奇有點不自在，一直左拉右扯的，反之妻子倒是嫻靜自若，淺綠色的浴衣非常襯她的膚色；而走在他們夫妻身後的，是令人屏息的莊舒帆。

小林把相機交還給張義德，寒毛全豎起，他們都知道，開始了。

第九章．江戶大火

莊舒帆沒有穿浴衣，她選擇了正式的和服，正確來說，是一件淺紫色的振袖，而且她甚至還戴了島田髷的假髮！

完完全全，就像一個古時的日本女孩，十七歲的日本女孩。

「哇……」張正誼眼睛一亮，人都傻了。「好漂亮喔！」

「舒帆穿這麼正式喔！」張媽媽也忍不住打量，不只是她，附近的遊客都對她投以目光。

除了莊舒帆原本就清秀外，這裡很少有人會選擇如此正式繁複的打扮……事實上放眼望去，只有她。

「好看嗎？」她兩手向外攤，開始緩緩轉圈，跟千紗一模一樣的動作。「我本來想找更深的紫色，但是找不到，這質料也好差……」

「舒帆？說什麼！」莊媽媽低聲制止，她怎麼批評起來了？這裡本來就是觀光區，這種衣服只是趣味為主。

莊舒帆忽然抬高了下巴，用一種睥睨的眼神望著母親，冷冷一笑。「我不想再當好孩子了。」

來了！季芮晨倒抽一口氣，立刻衝上前去！

「那個大家注意！」她伸直手，盡可能高聲說話。「這裡面設施很多，有餐廳也有溫泉，還有夏日祭的夜市等等，大家還是要小心錢包喔！我們三個小時後這裡集合好嗎？」

「喔耶！爸！這邊啦！」張正賢立刻跟火箭一樣衝了出去，張義德一路邊吼邊譙的追上去，張家再度熱鬧非凡的離開了。

情侶們根本也沒多靠近過，一說好時間就散了，而小林早就在莊光仁身邊當人牆，季芮晨站在母親身邊，以防上野事件重演。

「兩位要不要也去逛逛？我想舒帆可能有事要跟我們聊聊！」季芮晨看向莊舒帆，她正勾起一抹笑。

「舒帆跟你們怎麼了嗎？」莊光仁搞不清楚狀況。

「一點小事！一點小事而已！」小林忙不迭的把他們推往前去，「她等等就去跟你們會合。」

「咦？這樣好奇怪……」莊媽媽回身，太不對勁了。

「老太婆，妳煩不煩啊！叫你們走是不會聽嗎？」莊舒帆立即揚聲，「我想要一個人，不要老是跟著，煩！」

「莊舒帆！妳在做什麼？」莊媽媽果然大為不悅，季芮晨還得趕緊安撫，絕對不能讓他們倆靠近。

「妳怎麼對妳媽說話的？」莊光仁再添一桶油。

「怎麼說話？我討厭當乖小孩，什麼知書達禮的太無趣了，想做什麼就做什麼多好，像許芷凌一樣，我也想要戴假睫毛，想化妝，想跟朋友出去玩——都是你們這種礙事的傢伙！」莊舒帆直接指向父母，「從以前到現在都沒有變，就是喜歡自作主張的妨礙我！以為是父母就很了不起嗎？可以主宰我的需求？我的喜好？你們是我嗎？憑什麼幫我決定！」

「千紗！閉嘴！」季芮晨直接上前一步就嗆了，「這個身體的主人也沒有允許妳這麼說話！」

莊舒帆瞪大了眼睛，對季芮晨忽然直呼她的名字感到有點訝異似的，她別過了頭。

「哼，這個女孩心裡是這樣想的！」

「那只是一時的不平，不是真心，妳不要再胡作非為！」季芮晨低斥著。

小林趁機想送走莊氏夫妻，但是哪有這麼容易。

「她不正常！」小林不得已使出殺手鐧，「跟許芷凌一樣，記得嗎？一個好好的女生，突然間性情大變。」

「不正常是什麼意思？」莊媽媽可傻了。

「我們懷疑她被附身了，所以……如果你們擔心，我不能反對你們在她身邊，可是千萬不要再多講一句話了！」

「附身？什麼……你是說有不乾淨的東西——」莊光仁不可思議的看著女兒，「你們究竟在胡說八道什麼啊？」

眼看著他就要衝上去，小林連忙擋住他，「不要輕舉妄動，你們忘記許芷凌跟她父親的狀況了嗎？」

「我有陰陽眼，我知道！」情急之下，季芮晨招了。「她真的不是莊舒帆，她跟許芷凌都買了某個死者的遺物，所以才會這樣！」

瞧領隊說得振振有詞，但教父母怎麼相信！

莊舒帆懶得理這些人，她冷不防的走到了小林身邊，用痴迷的眼神望著他。「我等你好久了。」

這句話再次響起，莊光仁沒有忘記那時許芷凌也是這樣對小林說的！

「你還記得我嗎？沒忘記我吧？」莊舒帆含蓄笑著，一臉嬌羞。「那天去賞花時，我的木屐斷掉了，是你幫我綁好的，臨走時對我笑著，那一笑，我就……」

她低垂下頭，說得羞澀。

原來……她這麼執著「侍童」也喜歡她的原因，是因為他雞婆替她綁了鞋帶，又對她笑啊！小林對這樣的「片面想法」很無力，但是誰也無法去干涉別人的想法，只能試圖改變。

「舒帆！妳是怎麼了？」莊光仁眼看著手就要伸過來抓走莊舒帆了。

電光石火間，她忽然露出猙獰的臉孔，面露青光，黑色瞳孔擴大充滿了整個眼眶，眼白消失得無影無蹤，張開的嘴裡腐臭陣陣，一隻手不客氣的就往莊光仁攻擊而去。

「欸……我不喜歡不溫柔的女孩。」小林居然握住她的手，劃上溫柔的笑容。

莊舒帆的臉一秒內鬼氣退散，露出嬌羞女孩的笑容，靦腆的低下頭，甚至還矜持的縮回手。

「對不起，以後不會了。」

這是在演哪齣啊！季芮晨看得目瞪口呆，而莊光仁完全嚇傻，呆愣在原地——剛剛那張臉，他看見了！女兒真的中邪了！

「妳有話要對我說對吧？真抱歉讓妳等了這麼久。」小林主動拉過她的手，往橋的另一頭帶，而背在身後的左手拚命揮著，要他們快走。

走？走去哪裡！難道要大家把他一個人扔下嗎！

「退後，離她越遠越好！」她轉過身，對著莊光仁壓低聲音說著。「快！」

「可是……」他女兒怎麼辦？

「我會盡量，但無法保證，因為我不是什麼道士法師還是什麼陰陽師的！」季芮晨覺得壓力沉重，「可是我不希望無辜的人受傷害。」

莊光仁點了點頭，緊握著妻子的手。「我懂！我……我懂！」

他忍著震驚恐懼與心急交織的淚水，全身不住的顫抖，拉著妻子往後退，離女兒越遠越好，但視線還是得看顧著。

季芮晨再回神時，小林居然跟著莊舒帆走得老遠了！

「你記得我對吧？」莊舒帆一臉幸福甜蜜的樣子，「我一直知道你也喜歡我的，都是被人阻礙了，我原本有一件很美的振袖，就像你……」她伸手撫上他的衣服，「這件衣服的顏色一樣。」

「是嗎？」小林幽幽的說著，「千紗，我們從賞花之後，真的就再也沒有見過面嗎？」

千紗忽地一顫，瞪大的眼瞬而兩倍大，又縮回正常比例，撫著小林衣服的手也變得有些枯槁焦黑。

「我們見過吧？而且妳應該記得……我身邊還有誰？」小林一字一字慢慢說著，莊舒帆的臉陣青陣白，居然開始出現焦黑龜裂的模樣！

而她倏而往左前方望來，季芮晨正往這兒奔至，一臉怒不可遏。

「林祐珊，你在搞什麼！」她氣急敗壞的大喊著，「你又不是那個侍童，幹嘛配合她！回來！」

對……他身邊有個女人，莊舒帆忿忿的握緊雙拳，五官扭曲醜惡的旋身朝季芮晨走來，有個不要臉的女人妄想搶走他！

「就是妳！妳這個低賤的女人——」莊舒帆突然出口一串日語咆哮，引來附近更多人的注目，但是她眼裡只有嫉妒的怒火，忘記身邊這個根本不是侍童的男人。「我——呀——」

小林冷不防把佛珠往她身上套去，加贈兩個護身符，還把迷你佛像直接塞進她手裡。電光石火間，有抹橘色影子唰的彈離莊舒帆的身上，她狠狠倒抽一口氣，瞠目結舌的瞪著天空，以仰姿向後倒下！

小林飛快的衝上前及時抱住她，季芮晨也衝至粗魯的將她假髮摘掉，果然在裡面看見了束髮的髮帶——紫縐綢，該死的它竟是振袖的車邊！

到底哪個傢伙把振袖做成這麼多東西，真是要人命了！

『為什麼——』尖吼聲突然自上方傳來，『你應該是愛我的！』

「又在自說自話了！」季芮晨看著眼皮連眨都不眨的莊舒帆，緊張的探著心跳。「她還活著！喂——莊先生，她還活著！」

「莊舒帆，妳沒事吧！聽得見嗎？」小林輕拍她的臉頰，莊舒帆忽然闔上雙眼，再度張開。

下一秒，眼淚就滑了下來。

「我們沒時間聽妳哭，我知道非常非常可怕，妳爸媽來了！」小林一骨碌把她撐起，塞給踉蹌而至的雙親。「快點帶她出去，我擔心會出事！」

遠遠的，警衛朝這兒奔了過來，季芮晨仰首看著站在屋頂上的千紗，她還真會選地方，這間店名專賣「鐵火丼」。

『你還是選擇她嗎！』千紗尖叫著，然後轟的一聲，她腳下居然冒出了火！

咦！季芮晨反應不及，還在想那是真的假的或是幻覺時，四周已經起了一陣尖叫！

「失火了！失火了！」有人這麼大喊著，然後附近有人趕緊拿過滅火器，動作熟練的就要滅火。

可是說時遲那時快，火舌居然像有生命一般朝前捲走男人手中的滅火器，甚至捲上他的身子，把他往牆上拖去。

「哇啊——救命！」男子撞上店門的柱子暈倒，火勢劈哩啪啦的燒上他的身子。

小林衝上前拖過那個男人，滾動身軀好讓火熄滅，而四周越來越亮，連接不斷的房子全部竄出了火舌，不是火星，而是大量的火勢！

尖叫聲不絕於耳，呼叫聲此起彼落，街燈也爆炸後開始自燃，像是現代的火炬一般，熊熊燃燒，那是種就算每間屋子都淋了油，也不一定會燒得如此迅速的火勢，但是現在就在他們眼前上演了。

兩旁仿江戶的建築、木屋、道路，還有橘色翻湧出的火浪，仿古的街道，置身其中的季芮晨跟小林，感受著熱氣逼人，木頭因焚燒而裂開，他們……他們就像置身在江戶大火裡啊！

千紗，要的就是這個嗎？

『低賤的女人不該蠱惑你，人們不該阻止我們的戀情！』千紗站在屋頂上，火又包裹了她的全身，她成為橘色火燄人。『你放心好了，我會把妨礙都鏟除，然後我們就可以永遠在一起！』

餘音未落，千紗忽然狠瞪季芮晨一眼，一道火舌如噴火柱般，直接朝她而來！

「呀——」季芮晨壓低身子，小林一拽扯，兩個人往旁邊的巷子裡奔去！

好強大的力量啊，古代的人就已經跟現在一樣，都不知道什麼叫飲水思源嗎？那女生以為睡了四百年突然有這麼大的力量是因為誰啊！是她耶！

太誇張了啦！

街道兩旁的房子全燒起來了！季芮晨邊跑一邊伸手遮著前額，熱浪逼人，而且火勢大到一直有店家裡的物品爆炸，讓他們光閃躲就來不及了，更遑論逃跑！

小林拉著她想從一條巷道中穿出去，但是他們對這裡都不熟，眼看著就要跑到巷底，巷底電線桿上的電箱居然直接炸掉，火星四射，簡直跟放煙火有得比，只是這煙火離他們太近了！

「回頭！」換季芮晨拽過小林，那邊走不得了。

他們才回身，就看到還有遊客從失火的屋子裡衝出來，千紗只是先讓屋頂延燒而已，裡面的確還沒那麼快……不過有如此後知後覺的遊客未免也太遲鈍了吧！

兩個遊客一衝出來就摀著口鼻拚命的咳，而且有個人還彎腰駝背的護著肚子裡的東西……甚至心疼不已的察看——「喂！你們兩個！」

一對情侶驚愕的抬首，果不其然，邵志倫正捧著相機呵護，都什麼時候了，他居然還顧著相機！

「咦？小晨！」劉俐孜焦急的望著她，「怎麼突然失火了！每、每一棟都……」

「這裡面是什麼……遊客剛剛早就跑光了吧？為什麼耗到現在！」季芮晨往旁邊火焚的屋子看去，是溫泉。「你們泡暈了嗎？」

「總是要穿衣服吧！」劉俐孜尷尬的說著，「失火時我們在泡湯耶！」

「還在顧相機！快跑了啦！」小林推了邵志倫一把，「往前，盡量往大路跑！」

「喔！」邵志倫邊說，還舉起相機喀嚓幾聲，季芮晨好想把那相機搶走！

「走了啦！」季芮晨揚聲道，得拚過一旁劈哩啪啦的雜音啊！

可是他們才轉身，連邁開步伐都還沒，路上居然出現了一大堆也在逃難的人，個個穿著粗布衣裳，對著屋子哭號，也有人回首看向他們，伸手求援！

「我的家！裡面還有人啊！」他們二話不說的衝了過來，率先抓住劉俐孜。「快點幫我救人！救人！」

「咦？你家？」她倉皇失措的瞪大雙眼，「那間、那間是賣紀念品的……」

「我公公還在裡面啊！」那女子大喊著，滿是皺紋的臉開始乾癟，下一秒火舌從她體內竄了出來！

「啊呀——」那攫抓著劉俐孜的手也起火燃燒，直接燒上她的雙臂。「哇哇啊！火火火！」

「幹什麼？走開啊！」邵志倫滑步上前，居然一揮拳就朝著那婦人打去！

這一拳下去婦人如火炭般碎開，一塊塊燒紅的橘炭紛飛，點點火星亂竄，劉俐孜邊叫邊跳的把兩隻手上的火給拍熄，邵志倫則望著自己的拳頭，甩了甩手，嘴裡咒罵了一串。

「哇塞……你直接動手啊？」小林瞠目結舌。

「不然呢？那模樣還是人嗎？」他說得理直氣壯，趕緊回身關心親愛的有沒有事！

季芮晨往身後瞧，巷子裡的「人」越來越多，只怕都不是人類了，他們每一個都穿著舊時的衣服，梳著過去的髮髻，慌亂而驚恐的對著明明是店家的屋子裡大吼著。

『我的家！』一個男人跪在屋外哭泣著，忽然朝季芮晨這兒瞪過來。『妳——為什麼要毀掉我的家！』

「什……什麼？」季芮晨步步驚退，「關我什麼事啊……是千紗！瀨戶千紗！」

「他在胡說什麼？」小林抓過了她，因為那男人來勢洶洶，手上不知何時還多了把大鐮刀！

『我們只是想好好生活而已，為什麼要這樣對我們？』男人邊說，一邊伴隨著大口，鐮刀燃燒著，就朝季芮晨奔了過來！

小林一個箭步上前就擋在季芮晨面前，她尖叫著試圖阻止他，可是另一邊也傳來了咆哮聲，群聚過來的民眾都怒火中燒的瞪著她！

鐮刀男使勁劈下，小林只是順勢把長鍊佛珠套進鐮刀裡，他在夜市玩套圈圈可是常拿大獎的，這麼大的物品再套不進未免太丟臉了。

『嘎啊！哇——』佛珠才套進去，鐮刀成炭崩解，男子驚恐的尖吼迸裂，又是一大堆的火紅炭塊，最後落於地後成了一攤火。

劉俐孜不停尖叫，他們都躲無可躲了，巷道前後全部湧來人潮，責備般的瞪著他們。

『原來妳這麼討人厭啊……不只我想殺了妳，大家都想！』千紗出現在某個屋頂上，這會兒的她很正常，穿著振袖。『搶別人的男人，最要不得了。』

「瀨戶千紗！」季芮晨氣急敗壞喊著，「這是妳控制的嗎？讓江戶的亡靈出來？」

『我只在乎他。』千紗指向小林，又是一臉嬌羞。『他被妳影響了，只要妳不在……』

「他也不會喜歡妳的！」季芮晨直接嗆她，「剛剛他問的問題妳為什麼不回答？妳早就見過侍童了，他身邊也已經有喜歡的人，妳為什麼不說？我看侍童早就拒絕妳了吧，還在這邊自欺欺人！」

『住——嘴——』千紗惱羞成怒，瞬間從屋頂上飄下，直衝向季芮晨。

小林再度擋在她身前，剛剛早趁機在地上用佛像圈出一道牆，手上握著昨日讓Margarita都震懾的銀色匕首，讓殺氣騰騰的千紗瞬間止了步

她瞪圓了眼，就離小林幾寸，小心翼翼的後退。

『你又想保護她？』千紗咬著牙，『我不會把你讓給任何人的！你知道，為了你，我連人都會殺！』

「知道，妳附在鈴葉身上時，就大開殺戒過了。」季芮晨緊握雙拳，緊張得很，為什麼這麼久了，還沒有聽見消防車的聲音？

他們……是不是跑進了厲鬼的圈套裡了！

『那是因為我們太喜歡你了。』千紗幽幽說著，身子抽搐扭動著。『你也想見她嗎？』

咦？小林驚愕，見誰？難道鈴葉也在這裡？一個千紗就很麻煩了，要是有兩個就更棘手了！

就見千紗緩緩的回身，她那梳著髮髻的後腦勺啪嘰裂開，頭骨像軟膠一般波動著，然後有張臉孔從裡面擠出來，掙扎著扭曲，使勁從窄小的縫裡鑽出，滿臉是血，還有無神的雙眼。

中村鈴葉痴呆般的鑽出後腦勺的縫，她竟然跟千紗嵌在一起！

「為什麼靈魂會鑲嵌？妳、妳吃了她嗎？」季芮晨不可思議。

『因為我們都愛著同一個人。』千紗吃吃笑著，後腦勺上的頭也跟著傻笑，看就知道，鈴葉的靈魂只有一部分，而且毫無自主性。

千紗做了什麼？她附身在少女身上還不夠，甚至把人害死後，捕捉靈魂，傷害拆解？控制了四百年！

「妳為什麼還在世上？」季芮晨氣急敗壞，「妳做了這麼多事，為什麼會沒有下地獄呢？」

電光石火間，千紗忿忿的轉過來瞪著她。『全世界，妳最沒有資格說我！妳——才害死多少人咧！』

咦？季芮晨覺得千紗的話像一把刀，直接穿過她的心口，她知道……是啊，這個厲鬼知道她身上的命，知道負闇之力的威力，而且利用了她的力量居然還有臉指控她！

情侶困惑的回首望著她，季芮晨緊咬著唇，她才是萬般委屈的人好嗎！

「夠了沒，那不關小晨的事，那不是她能決定的。」小林冷冷的說著，「妳才是害死多數人的兇手，十萬條人名，整個江戶，都因為妳無聊的愛戀！」

『無聊？』千紗又轉過身來，『你怎麼可以說我對你的心是無聊！』

「因為我並不喜歡妳。」小林毫不留情，「而且我不是侍童！」

『住口——你只是因為她！』千紗矛頭再度指向季芮晨，『只要她不在就好了！』

說時遲那時快，一股力道居然從後抓住了季芮晨，她措手不及的尖叫，身後的著火屋子裡居然衝出了火人，一骨碌抓起她往屋子裡扔去！

「小晨！」小林回首，他沒料到後面失火的屋子會有人……鬼衝出來啊！

「哇呀——」季芮晨大叫著，雙手想抓住小林，可是他們誰也沒抓住誰啊！

這間店是日式壽司店，冰櫃裡的生魚片都熟了，季芮晨整個人摔進櫃檯裡，高溫跟火燙得她唉唉叫。

小林急忙想衝進去，邵志倫卻趕緊扣住她。「不行！你不能進去，太危險了！」

「放開，小晨在裡面！」

才在高喊，餐廳的屋頂居然整個崩落，劉俐孜驚聲尖叫，邵志倫及時把小林往後面拖離，一大堆灰塵與火被擠壓出來，火舌四竄。

小林感受到手臂上的熱度，再度抬首時，只見到連門都不見的餐廳，裡面的屋頂全數塌陷，門口上的木頭也搖搖欲墜，別說季芮晨了，他現在連裡面的櫃檯都瞧不見了！

「小晨……季芮晨！」小林瘋也似的高喊著，不顧一切的想衝進去，邵志倫依然死命抓著她，連劉俐孜都衝上前來阻攔。

「不要這樣！小林！」她大喊著，「現在旁邊還好多鬼啊！」

「放手！放——」小林運氣丹田，居然一把握住邵志倫的手，直接就要來個過肩摔！

「她身邊有東西會保護她的！」就在要被摔過去的前一刻，邵志倫情急大喊。「有好幾隻鬼啊！」

——咦？小林登時一怔，對啊！小晨的身邊還有好多跟著她的亡靈，說不定可以保護她！

「你……」他鬆開手，回頭看著邵志倫。「你知道？」

「照片會說話。」他鬆一口氣，「拍季芮晨的時候，根本看不到她的人，是一團黑。」

原來……他們真的早就透過相機知道了！小林不安的看著坍塌的屋子，如果是平常人，不死也剩半條命了，遲早嗆死在裡頭，但季芮晨是Lucky Girl，他應該要相信她！

就算不信她，她身邊那一堆守護鬼，應該也會出手吧！

「呀！小林！」劉俐孜忽然大叫，指著他身後！

小林倏而回首，看見的是走近的千紗，她用依戀的眼神瞅著他，雙手甚至搭上了他的肩。

『終於只剩下我們了。』她一臉愉悅，『我真的等太久了。』

小林忿怒的瞪著她，冷不防將手裡的匕首往前，千紗卻一手擋住，微微一笑。

這種力道對普通魍魎有用，對她……她笑意更深了。

「侍童對妳笑只是一種禮貌，他一點都不喜歡妳。」小林凝視著那自顧自想像的少女，「妳穿著訂做的振袖找到他，他身邊卻已經有別的女人了，妳怎麼想？他對妳說了什麼？」

『走吧！我帶你上去看，橘色的火海，好美好美！』千紗不回應他的話，只顧著想自己的、說自己的。

這世界只要順著她就好了，他人的生死悲痛，都與她無關。

背對著小林的她，後腦勺那張慘白卻帶著黏膩血漬的臉也對著他笑，中村鈴葉只是因為喜歡一件衣服，就慘遭不幸，幸福與未來都被這個千紗剝奪。

她殘殺了許多男子，只是因為他們穿著紫色和服，甚至殺了他們身邊的妻女，只因為她「認為」他移情別戀……但是，那並不是中村鈴葉真心想做的事，那是千紗幹的好事。

歇斯底里的屠殺，毫不留情，一點點憐憫之心都沒有，就像許芷凌在殺掉許先生時一樣。

「不順妳的意，妳就殺掉對方嗎？」小林冷冷望著後腦勺的鈴葉殘臉，「瀨戶千紗，妳是不是殺了侍童跟他的女人？」

第十章・愛の事實

『小晨！小晨！』有人急切的叫喚著。『她都沒有反應！』

焦急的男聲也在喊著，『沒辦法了！』

一陣冰冷從頸部直接凍到心臟，季芮晨狠抽口氣瞬間坐起身，那種真正「凍寒徹骨」的感覺，痛得她連叫都叫不出來，頸部到胸口冰凍雪白，肌膚上還閃爍著冰晶。

幸好沒有幾秒，就被附近的高溫給融化了。

「哇啊！要死了，好痛喔！」季芮晨終於得以出口，就是一陣嘶吼！

『不這樣妳不會醒。』Kacper 還以微笑，朝她伸出手。『放心，肌膚沒有壞死，有大火會融得很快！』

「可惡！」季芮晨搭上他的手，四周火海一片，但是她卻還能呼吸順暢。「你們擋著嗎？」

『對，妳得從後面出去，旁邊還有路可以走。』Margarita 指著旁邊，那邊還有好幾隻鬼正擋著。『妳出去要小心，這裡的死靈都要找妳麻煩！』

「為什麼？」這讓季芮晨卻步，「小林呢？小林他……」

往右方看去，她只看到倒塌的建築物與木材堆疊，她的四周都靠平時跟著她的亡靈撐著，給予空氣、杜絕嗆傷還有坍塌，可是除了他們，沒有看到任何一個活人！

小林！他難道——季芮晨急著只想翻過去！

『不要碰東西！這些櫃子都可以煮熟人了！』Kacper立刻擋下她，『小林沒來得及追進來，只有妳在裡面！』

「沒……沒有？」她心情忽上忽下，好難適應。「好！我得快點離開！」

『快點！能幫妳擋的就幫妳擋了！但是江戶大火死者太多了，妳要小心為上！』Kacper擰眉嚴肅的說，可是季芮晨的疑問完全沒有人能回答。

江戶大火又不是她放火燒的！

她伏低身子轉向餐廳原本的通道去，那邊有許多熟悉的死靈築出一條通道，這火勢、這燃燒著矮屋簷的畫面，為什麼她似曾相識？

她好像也曾仰望著這樣的屋頂，看著火浪一波波往上湧去，有女人在哭，痛苦的淚水滴在她臉上，她卻只是望著，視線模糊……然後有別人的聲音，有吆喝聲，還有人護住了她。

季芮晨擰眉，畫面模糊不清，可是卻存在於記憶深處。

但是她不能發呆，只能疾步前進，屋子裡還有大火中喪生的死靈們試圖要找她麻煩，被跟在她身邊的亡者擋下了！

『季芮晨！快點！』不熟卻依附她的死靈態度超差，『出去啊！擋著很累耶！』

「少來，你都死了累什麼！」她用葡萄語咕噥著，這大叔踢足球時都不會累！

她一路小跑步而去，通道尾端有一個側門出口，玻璃已經全部燒破了，可是門關著，她不能開啊！

『閃開！』

後面有人大吼著，季芮晨閃到一旁，然後某個被撕成兩段的鬼被扔了過來，直接把門撞開！

『啊……』那是個女人，自己上半身被下半身壓住，一雙眼還看著她。『我不想死，真的不想死啊……』

「但是妳已經死了。」季芮晨幽幽說著，找人訴苦是無濟無事的。

還是有什麼用意呢？對她訴苦，她能做些什麼讓這些死靈好過嗎？不然他們為什麼一直找她？

『小晨！不要發呆！』Margarita 厲聲一吼，季芮晨嚇一大跳！

才要回身說抱歉，突然有人嘶吼咆哮，從另外一端衝了過來！季芮晨倏地再轉過去看，又是個粗壯的男人，舉著斧頭要砍她，這年頭是怎麼了，她成過街老鼠，鬼鬼喊打？

緊張的要跨出去，怎知那被攔住的男人居然衝破了保護封鎖線，使勁推了她一把！

『小晨——』她聽見 Kacper 驚懼大喊！

她整個人往外飛去，摔上了地，是很痛……但是 Kacper 也叫得太誇張了！季芮晨趴在地上，知道自己不能待太久，什麼時候會有哪塊木板或是樹倒下來無人可知，而且還有一堆莫名其妙想找她申訴的大火亡者。

但是，她迅速的站起，卻沒有看見失火。

夜幕低垂，鴉雀無聲，她站在一條毫無人煙的路上，附近的小橋下傳來蛙鳴，右手邊是一整排的小矮木房……這裡是？

「請妳自重！」一陣低吼聲傳來，嚇了季芮晨一大跳！

「松本——你……你為什麼這樣對我？」這聲音可就熟了，季芮晨趕緊循著聲音往前，那是瀨戶千紗的聲音！

聲音來自於橋下，她小心翼翼的接近，果然見一男一女的身影……雖然都背對著她，但是她不會認錯那件紫色的振袖！就是在本妙寺被拿走的那一件！

「千紗小姐，我跟您根本毫無關係，若說賞花那日，我的確為您修了木屐帶子，但是換作是任何人，甚至是老婦我也會這樣做！」男子語調極度不悅，想來就是那位侍童了吧！「我並不喜歡妳，根本也不記得妳的樣子，家僕來找我時，我完全記不得那日的事，更別說對您有什麼非分之想了！」

「這不是什麼非分之想，只要你願意，父親是願意讓我們在一起的！」千紗直接趨前，由後緊緊的抱住了侍童。「你不知道我有多想你，這樣的思念都快把我逼瘋了！」

「千紗小姐！」侍童松本這句話是怒吼出聲的，他雙臂一張狠狠的甩開千紗。「請妳不要這樣！」

「呀……」千紗踉蹌跌上了地，還一臉不可思議。「你、你怎麼能這樣子對我！負心男！」

「我們之間什麼都沒有，何來負心之說？感謝小姐錯愛，請您另外找適合您的人吧！」侍童回身，並沒有攙扶的意願。「也請您不要再來打攪我的生活了！」

他一揮袖，立即邁步離開，千紗搖著頭，居然撲了上去，不顧自尊的抓住了他的腳！

「不——你不能這樣辜負我！」

「千紗小姐！夠了！妳應該去尋醫，妳是心有問題啊！」侍童急著抽出腳，「妳不能將妄想當真，不能認定什麼就是什麼！」

「為什麼不能！你就是我的！」千紗死命抱著，「依我們的身分，只要我放聲尖叫，說你對我意圖不軌，你知道你會受千夫所指嗎？」

「妳……」即使侍童在橋影之下，季芮晨都可以看出他怒不可遏的模樣。

廢話，這在現代來說，就是遇到一個有精神妄想症的神經病啊！誰不生氣啊，要是她被哪個男的這樣糾纏，一定叫 Margarita 整他到死！

才在想著，忽然視線襲來，季芮晨一正首就接收到男子的目光！

「快來幫我！」他竟朝著季芮晨伸出手，「快點！」

她？季芮晨指了指自己，這才看見自己伸出的手，居然穿著和服……咦咦？她打量自己全身上下，她真的穿著和服，淺黃色的！

她現在是某個人嗎？侍童認識的人？靈魂在她身上看世界嗎？季芮晨深吸了一口氣，走了下來。

「千紗小姐，她才是我喜歡的人，我的未婚妻，橫山杏。」松本義正詞嚴的對著死命抱著他的腳的千紗說，「我們就要舉行婚禮了，請您不要干擾我們。」

啊，她現在這個人，是侍童的女人啊……果然，他是有女人的，千紗也知道！可是她卻穿著訂做的振袖，到這裡對侍童示愛嗎？

既然早就見過，為什麼靈魂還飄蕩幾百年，否認這個事實？

「未婚妻……就是這個女人迷惑你的嗎？」千紗聲音突然揚了高，鬆開抱著侍童的手，踉踉蹌蹌的站了起來。

幹嘛……季芮晨止了步，千紗這樣子殺氣騰騰的，雙眼熠熠有光的瞪著她！

「我只愛她一人。」侍童又補一槍，哎，季芮晨皺起眉，都知道千紗有問題了何必補槍呢？

「那是你被騙了，低下的女人不配跟你在一起！」千紗忽然一聲暴吼，直直朝季芮晨的方向衝來！

咦？什麼什麼！她原本想閃，可是卻發現動不了！當年這個身體的主人沒有動嗎？只是驚恐的看著狀似瘋狂的千紗筆直衝過來——啊！腹部一陣劇痛，季芮晨感受可怕的冰冷穿進胸口，貼在她眼前的千紗，綻開了喜不自勝的笑容！

「呵呵……」她驕傲的笑著，「誰也休想搶走他。」

「阿杏——」侍童大吼著，驚恐的衝過來，一把扳住千紗的肩頭往後推。「妳做了什麼……天哪！」

「不要嚷！」千紗緊張的伸出左手摀住侍童的嘴，但是她哪敵得過男人的氣力！

「來人！殺人啦，殺——」侍童喊到一半忽地震顫，千紗竟拔起了女人胸口的利刃，情急之下插進了侍童的胸口。

「啊啊……我、我不是故意的！」千紗嚇得鬆開了手，連連踉蹌，滿手是鮮血的她不停顫抖，看著侍童向後退著，他雙眼裡盈滿恐懼與不可思議，還有諸多的疑問。

最終他倒了下去，名叫杏的女人也早就倒地，季芮晨在她的體內感受著生命的流失，身體的冰冷，還有臨死前兩個人依舊凝視著彼此，松本很想爬過來握住愛人的手，但是無能為力。

杏連動都動不了，望著最愛的人，希望死前能把他的模樣刻進靈魂裡……直到世界成了一片黑暗，黑……

「啊！千紗！千紗妳做了什麼！」有人的聲音從橋上下來了，季芮晨圓睜雙眼，發現自己站在小溪中間，看著這一切。

「父親大人！」千紗撲向男人，「我不知道，他應該是愛我的，我是不是找錯人了？

我……」

父親緊緊抱著女兒，環顧四周，只看到兩具屍體跟橫流的鮮血。

「乖，沒事的，妳找錯人了！他不是妳的侍童。」父親輕輕拍著愛女，眼神向後一瞥，立刻有隨從跟上。「記住，妳今晚都在家裡，妳從沒到過這裡，知道嗎？」

「找錯人了？」千紗仰首，淚如雨下。「我沒、我沒來過這裡？」

「對，這只是賤民，他們失蹤不會有人注意的！是他們先冒犯妳的，妳只要記住沒來過這裡就是了！我會再幫妳找的，一定會找到櫻花樹下的侍童！」父親擠出微笑，將千紗交給一個男子。「送小姐回去，清洗一切。」

「是。」男子接過千紗，將之扶上橋去，橋上早有備轎等候，還有一群看起來孔武有力的家丁。

父親勾勾手指，另一個人走上。「把這兩具屍體處理掉，我不要人看到他們的屍體，燒掉或是埋掉都好。」

「是。」

父親甩袖欲走，眼尾卻看見插在侍童胸口的刀，他趨前沉疑數秒，將刀子拔起，一道血柱泉湧而出。

「千紗沒有錯，她不是故意的……」父親由衷的對著松本說，「她只是任性了點，嬌縱了點，一時情緒失控才會這樣，順著她就沒事了，怪只能怪你傻了！」

侍從遞上方巾，父親將刀子裹了起來，悠哉的遠走。

然後壯漢們將侍童與女人的屍體扛起，討論著要先用桶棺裝起，再假借他人名字下葬。

季芮晨看著只覺得氣忿難平，這樣活生生殺掉兩個人，拆散一對情人，只因為自我感覺良好？而看著女兒殺人的父親，卻還敢說女兒不過嬌縱了點罷了？

那是人命啊！她覺得更諷刺的是，數百年前階級制度時如此，數百年後的現在更是變本加厲啊！

這時身邊突然熱了起來，季芮晨倉促回首，只看到火光沖天，眼前影物像在迅速移動飄浮一般，讓她眼睛無法適應而一陣暈眩，她整個人往前晃動，向旁邊一倒，居然靠上了樹？

咦？她驚愕抬首，樹上有火，這兒不是剛剛的溪水中，她人站在小土徑旁，身邊倚著的樹正在著火，而左後方……季芮晨瞠目結舌的看著被大火襲捲的建築物，那個是本妙寺啊！

「呼……呼……」遠遠的，有個人氣喘吁吁的迎面跑來，懷裡揣著什麼，緊緊的抱著。

季芮晨料想跟剛剛一樣，她彷彿看著這個世界，但這個世界瞧不見她。

「這是妳最喜歡的，我這做父親的不能眼睜睜看著它被燒燬……」來人口中喃喃自語，接近季芮晨時，她瞧見了在火光的照映下，那飛舞的，振袖。

啊！他就是昨晚她在本妙寺追的人！

「妳放心好了！不管用什麼形式，為父一定幫妳保留下來……」男人掠過季芮晨的身邊，臉上都是黑灰，卻緊緊抱著那燒燬一半的振袖，拔腿狂奔。

咦咦！她伸手要抓住那振袖，手卻從振袖中穿過，只能眼睜睜看著那男子往前奔去——瀨戶千紗的父親？

對啊，她怎麼沒有想到，離火場最近的就是三個少女的雙親啊！最後的最後，他比女兒還捨不得那振袖，把它從火場裡帶走了嗎？裁去燒燬的那一部分，把剩下的布料用各種形式保存下來？

她能理解這種心態，畢竟那是疼愛的女兒生前最執著的東西，可是、可是他沒有多想一層，沒有去思考到後面兩個女孩為何在青春年華香消玉殞？

不，一定有想過，才會聯合舉辦法會……是身為父母的心不想去承認，身故的愛女成為厲鬼的事實！

但這樣的逃避現實，卻間接的影響到四百年後的人們啊！

就算是命……也是或許可以逃離的命運！

『啊——』刺耳尖叫忽然穿耳而至，季芮晨嚇得緊閉上雙眼，在一瞬間感受到熱氣，尚且來不及反應，一股力量直接將她撞倒！

一個面目全非的女人壓在她身上，緊掐住她的頸子。『我不想死啊！我為什麼要承擔這個錯？』

她回來了！季芮晨咬著牙拉出頸子上的護身符，直接往女鬼手上燙去，女鬼嘎啦慘叫，憑藉著她才能行動的鬼，真的沒有太強大的力量！待女鬼左手一裂，季芮晨毫不猶豫的就把她給甩掉，又成一堆橘色碎炭。

但是四面八風湧來更多的亡者，她把護身符拿了下來，把手上的佛珠串也圈在手上了，她不會背什麼咒語，小林也沒給她小抄，但只要不是瀨戶千紗的話，這些零散的亡者對她來說或許構不成威脅。

而且，她還有 Margarita 他們。

她有很急著要做的事，內心有著成山的疑問，除了她真的覺得自己曾待過那著火的木屋外，還有侍童、情人，以及堅持把小林認為侍童的千紗！

她根本不是認錯人，她是喜歡就要，才不管對方是誰，自私任性，憑一己想法為準的混蛋！

『把我的母親還給我！』伴隨著吼叫，由後衝來的是一個不到十歲的孩子，他哭喊著，手裡拿著玩具。

『為什麼要燒掉一切？我們只是想活下去而已！』

『我孩子要出生了！我的孩子！』

『我沒有害過人啊！』

『菊之助！菊之助呢？』

密密麻麻的人潮往季芮晨湧來，最先衝過來的是那個孩子，但是砰的一聲槍響，Kacper 轟爛了他的頭。

Margarita 再次以絕豔的姿態現身，一秒就摘下了他們的頭。

而一個女人握住了季芮晨的手，淚流滿面的望著她。『我只想知道，為什麼是我們？』

「江戶大火不關我的事，不是我放的火，是瀨戶千紗，她讓振袖飛舞！」季芮晨一字一句的對女人說，忍著手腕上的熱度。「如果妳堅持認定是我，請告訴我為什麼！」

『就是妳啊！始作俑者就是妳啊！』女人哭得聲嘶力竭，『如果不是妳，我們怎麼會慘死呢？』

「我——」等等！季芮晨愣住了，她是始作俑者？

為什麼她對火焚木屋有所印象，為什麼她聽過警鐘的聲音，為什麼彷彿聽見火消隊的勾拉聲……為什麼她能如此自在的進入過去的江戶？不管是本體，還是靈體……

妳，相信前世今生嗎？

劉俐孜的聲音忽然浮在腦子裡，前世今生，她的前世幾乎確定就是在江戶了！而當年千紗之所以能變成厲鬼，難道是因為她的前世也有負闇之力嗎？是她讓千紗有能力為所欲為！

好扯！季芮晨忽然感到刺痛，立刻反手握住那女人的手，用掌心上的佛珠傷害她。

「Margarita！小林呢？知道他在哪裡嗎？」季芮晨大喊著，一邊拿佛珠甩下哭泣的女人。

『直走出去右轉，他正被千紗拖著。』

「收到！」季芮晨深吸一口氣，覺得熱氣都進入肺部的難受，摀著口鼻伏低身子，眼睛看向斜前方的另一棟屋子。「我要穿過火場喔！」

餘音未落，她筆直朝裡衝去。

她一直是Lucky Girl，因為擁有強大的負闇之力，還有大量的魍魎鬼魅被她吸引而至，與之相依相存。

衝入另一間店的火場時，氣溫驟減，跟著她的亡靈們就算不甘願還是會掩護她，她往前門衝去，這是最快的捷徑。

衝出那間店門時，位置完美到剛好看見了小林！

千紗正拿著匕首往他胸口劃去，小林俐落的向後閃躲，刀子在紫色的衣服上劃開了一道，但是千紗速度飛快，再往前戳捅，只是這次小林雙臂交叉，利用雙臂交疊住將她的右手扣住。

「邵志倫！快！把地上的佛珠掛上來！」小林大喊著。

『你不死就不能跟我在一起，掙扎什麼！』千紗氣急敗壞的吼著，『我準備了白無垢啊❹！』

「我沒有要跟妳在一起，妳這個精神病！」小林使勁的抵著千紗，「邵志倫！慢吞吞的幹什麼！」

『呀——』千紗尖叫瞬成青面獠牙，鬆開被箝住的右手，刀子落地，然後原本正常的手卻立刻化為鬼手般的巨大，利指長達十公分，就差一吋便刺入小林的心窩！

她的力量又因為執念增長了。

「走開啊！」季芮晨忽然衝到他們兩個中間，將護身符往千紗手臂上繞著，「他不喜歡妳是要聽幾遍啊！變態！」

『喝——不不不——』護符造成立即性的傷害，熔蝕著千紗的手，她驚恐的試圖抖落，卻不敢用左手觸碰，只能眼睜睜看著自己右手燒成炭灰，隨風四散！

小林因千紗的突然抽身而踉蹌，但是望著季芮晨，立刻泛起笑容，並且一把將她拉進懷裡！

「妳沒事！妳真的沒事！」

季芮晨措手不及，身子僵硬尷尬，他怎麼這麼直接啦！「我沒事！先、先、先等一下！」

好不容易抵開他，小林還一臉喜出望外的神情，撫著她的臉，檢視傷勢，那眼神都快要電死季芮晨了！

『妳怎麼……妳應該已經死了！』千紗氣急敗壞的喊著，『不要誘惑我的男人！』

「妳的？妳確定這是妳的男人？還是只要穿紫色衣服的美男子都愛？」季芮晨忿忿不平的回身，「這是第幾個？水性楊花的女人！」

『不！我不是！我一心一意只有愛他一個！那天賞花之後我就只有他了，我——』

「妳明明找到他了，也知道他有未婚妻了。」季芮晨冷笑著截斷她的話語，「興高采烈的穿著振袖去找對方，認為對方也跟妳一樣，在賞花之後對彼此朝思暮想……哼，自我意識過剩。」

『我沒有，我找不到……我一直找不到！』千紗搖著頭，哭得楚楚可憐。『找遍了整個江戶，對不對？妳問鈴葉啊，我們跟櫻都找得好辛苦啊！』

『嗚嗚……嗚嗚……』她的後腦勺也開始哭泣。

❹白無垢為日式傳統新娘服飾。

「因為他死了，不管是中村鈴葉還是高橋櫻當然都找不到。」季芮晨語出驚人，連小林都嚇了一跳。

「小晨？妳確定？」雖然他也是這麼猜測，因為千紗是毫無憐憫之心的人，殺起人來歇斯底里。

季芮晨看著他，肯定的點頭。「小林，你不覺得奇怪嗎？剛剛千紗都要傷你了，為什麼邵志倫遲遲不幫你？」她轉過頭去，看著抱在一起的那對情人。「他不是不想幫，而是不敢，因為他們兩個不能觸碰佛珠。」

站在小林身後的一對男女，表情悲傷。

「他們……」小林有些不明白。

「我們才剛在橋頭解散，他們怎麼可能這麼快就進溫泉店？還已經泡到一半了？就算真的這麼神速，失火鈴聲大作他們就應該逃出來了。」季芮晨再轉向千紗，「之前的巧合就不提了，光是他們聽得懂日語就很誇張了，第一天他們明明說過不會日語的！」

咦！小林詫異的回身看著這對十指交扣的情人，「難道你們是——」

「千紗，這才是妳的侍童吧？」季芮晨指向了邵志倫，「看清楚，那天在櫻花樹下的人是誰！」

千紗皺起眉，望著邵志倫，他則用睥睨的神情瞪著她。

「千紗當年就殺掉他們兩個了，因為她這種變態誰會要啊，加上他們論及婚嫁了，可是千紗發狂的殺了他們。」季芮晨對著眼前的小林解釋，「她父親還說她很乖，只是任性了點而已……」

「任性？」小林瞪圓了眼，「任性就可以殺人？」

「是啊，任性，自私，對千紗而言，世界上最重要的就只有她自己。」季芮晨挑起一抹笑，「熟悉嗎？現在很多人都是這樣！」

太多兇殘的殺人案發生，犯罪者毫無悔意，他們不懂為什麼要害怕？為什麼要愧疚？政府可以用法律制裁他們，但是他們不後悔，也無所謂。

一條命對他們而言，太輕了！想殺就殺，想砍就砍，酒駕撞死人又如何？做再多事被撞死也活不過來，能怎樣？

敢做就不會後悔，因為他們就是不爽，就是想幹掉對方，僅此而已。

『我不認識他……我愛的是你。』千紗繼續看向小林，『我可以對天發誓，我沒有喜歡過別人！』

「夠了吧！」邵志倫終於暴吼出聲，「妳親手殺了我，居然不認得我！」

咦？千紗在發抖，她抿著唇看著走近的情人們，顫巍巍的搖頭。『我沒有，我認錯人了。』

「櫻花樹下，妳的木屐帶斷了，是我幫妳補的！妳嬌羞的說我手藝真好，我客套的讚美妳的衣服漂亮，沒有多餘的交談。」邵志倫仔細述說，「修好後妳對我說謝謝，我對妳微笑，我們根本就只是短暫交會的陌路人——但是妳卻認定我喜歡妳，一味地自以為是。」

『我認錯人了……我真的……』

「妳找到了我，穿著那振袖來訴說愛意，我斷然拒絕妳卻不聽，完全只沉浸在自己的想法裡，然後見了我的杏，妳就說是她迷惑我！」邵志倫咆哮著，指向自己的心口。

「妳拿刀子先殺了她，又殺了我，就在橋下！」

他一拍胸口，鮮血瞬間迸流，劉俐孜冷然的站著，曾幾何時胸口也開始血流如注！

『橋下……我沒去過，我那天在家裡，我沒有離開家門一步！』千紗還在自欺欺人，『父親大人說我認錯人了！我一直在找，一直在找那個對我微笑的他啊——』

微笑。

櫻花樹下，失足跌倒的許芷凌，微笑攙住她的小林，紫色的小林。

啊啊……原來如此。季芮晨失聲而笑，這個精神耗弱的女孩子，徹底欺騙自己，只想尋找當日那個對她笑的男人。

「就這樣害死了另外兩個少女，而我們也無法安息。」劉俐孜……杏幽幽說著，「因為千紗沒有離開，她父親又把她的振袖留下，讓松本放不下心，我們便在世間飄蕩幾百年。」

什麼……季芮晨瞠目結舌，那天最後盜走振袖的是瀨戶千紗的父親？他有完沒完啊！他把振袖分成各種東西紀念他女兒嗎？知不知道害慘無辜的人了！

『住口！我已經找到他了，你們不要妨礙我！』千紗目露兇光，忿恨的瞪著他們。『找了幾百年，好不容易才有結果，我要結婚了，我要成為新娘……』

她邊說，一邊看向了小林。

小林微微一笑，上前一步拉過了季芮晨，甚至進而緊摟著她，穩健的走向千紗。

「瀨戶千紗，像妳這種醜陋的、自私的、任性的，沒有人性又嗜殺的女人，根本配不上我！」小林一字一句，生怕千紗聽不懂般的說著。「妳為什麼不下地獄去呢？」

千紗彷彿凍住一般，只是瞪大眼睛看著小林，對她而言，這個男人該是她的全部，她為他奉獻了生命，甚至第二個、第三個還有更多人的生命，就是為了跟他在一起啊！

但是……千紗忽然笑了起來，呵呵呵……呵呵呵——

『賤民，居然敢冒充他！』再一次，千紗陷入自我欺騙的思維裡，伸手指向了小林。『我要把你碎屍萬段！』

她發狂的又笑又哭，少女的姿態蕩然無存，披頭散髮，青面獠牙，血紅的雙眼凸出血盆大口裡都是尖齒，她轉瞬間變得更加巨大，身上的和服因而撐開撕裂，成為一個怪物。

一個因為自以為是而變化的怪物。

「我開始覺得妳應該學著怎麼控制負闇之力……」小林看著越變越誇張的千紗，由衷的說著。

「那不是我的能力，是命格！」季芮晨不耐煩的講著，「你不是說這次有秘密武器可以用！」

「那把刀嗎？對她沒用啊！」小林無奈，好像有能力的人才能使用！

「咦？你現在是在開我玩笑嗎？」季芮晨驚呼出聲，「這裡有一大票的亡者要找我麻煩，現在還有個……我看她都快變妖怪了！」

而他們沒有辦法解決這狀況？還是……小林往外頭看去，逃出去嗎？要怎麼逃，他們現在根本陷在千紗的結界裡！

「気を付けて！」杏的聲音突然驚恐的傳來，小林跟季芮晨這才倉皇的往千紗的方向看去！

只見她居然將燃燒的路樹連根拔起，直接朝他們扔了過來！

天哪！季芮晨直覺性的想要閃躲，小林直接緊抱住她，兩個人立刻往地上倒去，可是……樹木硬生生砸上小林的背部，那股撞擊力連被壓在下面的季芮晨都感受到了！

「啊——」小林忍不住大叫，接著居然一口血噴了出來！

季芮晨痛苦的皺眉，她……她快不能呼吸了，壓著她的小林，壓著小林……好熱，天哪，那棵樹還在燃燒。

她……季芮晨緊閉上雙眼，她居然覺得這也似曾相識！

「小林……Margarita！」她尖叫著。

『我們光對付亡靈就來不及了！小晨！』Margarita氣急敗壞喊著，『別把我們當小鬼使喚！』

『好了，Margarita！』Kacper打著圓場，『小晨，亡者太多了，我們幾個無法對付十萬亡靈大軍的！』

天哪……被燒掉的葉子掉在季芮晨臉上，火直接吻上肌膚，杏衝過來把樹葉撥掉，然後試圖搬起小林背上的樹。

『滾開！』千紗歇斯底里的尖叫聲傳來，隻手插進杏心窩的那個窟窿，高舉起身子，將她往火場裡扔去。

「啊……啊……」好痛！小林緊握著雙拳，他的骨頭斷了，他的背在燃燒，他連抬起頸子都不可能，唯一能做的，只有護好季芮晨。

『又認錯了，你們怎麼可以欺騙我呢？』千紗站在小林身後，季芮晨的角度什麼都看不見，只能聽到聲音。『又為了一個女人，不要我……既然我得不到，別人也休想得到！』

千紗已經沒有悲傷，沒有淚水，取而代之的是驕傲的怒火，她使勁的一腳踹上燃燒的樹，季芮晨立刻聽見骨頭斷掉的聲音——小林！

『我要你親眼看著她慘死，你就會知道我才是最好的！』

「不、不許妳碰小晨！」小林使勁吼著，只是吐出更多的血！

「別再說話了你……」季芮晨覺得呼吸困難了，她用力倒抽一口氣。「天海櫻──妳該滾出來了吧！」

千紗的巨手才要扣住小林的肩頭，一隻纖細的手立刻握住了她的。

千紗不悅的抬首，看見的是穿著武士衣服的女孩，她冷冷望著她，二話不說將左手的刀子直接往千紗臉上劃下去。

『ブス。』小櫻邊說，一腳就把千紗給踹了開。

「咦？」把女友從火場扶出的邵志倫……該說是松本詫異至極。「妳……妳是……高橋櫻？」

小櫻沒有回答他們，只是隻手把樹搬開，手一揮便熄了小林背上的火，季芮晨咬著牙推開小林，他滾落上地，將剩餘的火壓熄。

「啊！」這樣的移動與摔動，只是讓小林感受椎心之痛而已！

「小林！你忍著！」季芮晨慌張的探視他，怒火正在延燒。

「……小櫻？」他虛弱的問著。

「是，第三個買振袖的人，就是小櫻。」季芮晨吃力的說著，「那聲音化成灰我都認得！」

小櫻面對著跌在地上的千紗，凝視著後腦勺上那無神的頭。

『妳留著鈴葉做什麼？真是變態。』小櫻伸直右手的武士刀，『生前折磨她還不夠，死後還不放過她嗎？』

後腦勺的頭用極度悲傷的神情望向小櫻，顯露出一種身不由己。

千紗重新站了起來，稍早之前她就看見在季芮晨身邊的高橋，生前就無法全然控制的女孩，死後也沒讓千紗「收編」；至於為什麼對季芮晨說她姓天海，這個以後再問了。

『妳居然還在啊……還在找他嗎？』

千紗笑了起來，『很可惜，我原本以為這次找到了，但是又……』

『真是腦殘的女人，親手殺了人還裝作不知道，喜歡活在自己的世界裡的話，幹嘛還出來啊！』小櫻雙手握住刀子，英姿颯颯。『我雖然不想再看見妳，但既然又見面了，就把帳算一算吧！』

「小櫻！」季芮晨有些擔心，「她、她現在已經變得很可怕了，妳能嗎？」

『支持我吧，双ちゃん。』小櫻雙眼盯著千紗瞧，『只要妳支持我，我相信我可以的！』

支持？她百分之百支持小櫻啊！問題是千紗是心態扭曲執著的厲鬼，加上殺氣與偏執，這些都促使她變質，從靈體到厲鬼，從厲鬼到現在這龐大如墮妖的模樣！

可是小櫻，小櫻一直都是可愛的日本女孩啊，她根本就不是那種兇惡自私的類型！

這一比較，等級差太多了啦！

「就算妳心中對她有怨，也要控制！」季芮晨緊張的說著，「我可不希望妳變成那樣！」

小櫻沒有回答她，只是深吸了一口氣。『双ちゃん，妳還是先留意自己吧！』

自己？季芮晨沒有忘記，千紗不是她最該擔心的，真正想傷她的是那葬生火場的十萬江戶人啊！

『喝啊！』小櫻擎著劍就往千紗殺了過去！季芮晨回身探視躺在地上的小林，他的呼吸相當虛弱，她不是醫生無法判定他究竟傷得多重，只想快點把他移動到安全的地方去。

「欸，你們兩個！」她對著情人們喊著，「不要發呆，過來幫我！」

季芮晨繞到小林的上方，小心翼翼的抓住他的雙臂，只是一牽動小林就感到劇痛，無法忍耐的低吟！

「對不起，我們沒辦法做些什麼！」杏跑了過來，「論力量，我們什麼都沒有……飄蕩幾百年，也沒什麼修行！」

「他下面三根骨頭都斷了，妳這樣拉他會很痛的！」松本蹲下身子，伸手壓在小林的斷骨上。「我可以暫時讓骨頭復原，只是暫時的，可是傷口沒辦法！」

「咦？可以嗎？」季芮晨雙眼一亮。

「不！不行！」小林立刻撥開他的手，「我不想沾染鬼的東西，不管是力量還是什麼，對我不好……」

「沒錯，畢竟我不是人……可是你這個樣子，小晨要帶你跑都不可能！」松本語重心長的勸著，不時往遠方看。「怨火越來越大了，他們一直在逼近，小晨身邊的守護鬼擋不了太久！」

「沒關係……我、我可以！」小林咬著牙，硬撐起身子，然後就是痛不欲生的吼叫。

「啊——」

小林！季芮晨難受的望著他，她為什麼一直閃他躲他，怕的就是這樣的事！在她身邊的人非死即傷，他為什麼一定要蹚這渾水呢！

「不能死，拜託你不要死……」季芮晨喃喃說著，「我不希望參加你的葬禮！」

忍著疼，他看向眼淚都快掉下來的季芮晨，還輕鬆笑著。「不會的。」

還笑得出來！她讓他攙著，見到他拚了命的站起來，從發白的唇色可以知道他有多痛，但是小林卻強忍著。

「為什麼要來？你幹嘛來找我啊？」季芮晨想到就火大，「你以為我為什麼不想理你，就是不想發生這種事！明明知道一定會出事，你還往死裡來！」

「……我都受傷了，溫柔一點吧？」小林只顧著笑，越笑她火氣越大。

季芮晨深吸了一口氣，滿腹的怒火翻騰，被鬼討厭她無所謂，被千紗誤認也都沒關係，但是傷了小林，她就是完完全全的震怒！

這種命懸一線的狀況她首次遇到，她必須努力的尋求生存之道。

季芮晨能移動的範圍不大，因為大批的死靈正從四面八方聚集，她把小林安置在一個較大的空地上，這邊的巷道很寬，兩旁的建築物目前再怎麼燒怎麼倒，都不會影響到這兒。

「你們兩個，至少能保護他吧！」季芮晨問著情人們，一邊取下小林身上的東西。「你還有什麼法寶可以用的，借我！」

「包包……裡，有本小抄！」小林虛弱的說，連開口說話他都會疼。

「嗄？現在背來不及了啦！」她拉過他的側背包，打開一看，就看見幾個閃閃發光的佛像，沉吟了數秒，她選擇拿走長短不一的佛珠。

之前遇到窮兇惡極的厲鬼時，小林擅長用小佛像把大家圈起來，施以咒語，可以築成「結界」以保護大家；但當時她不知道自己命格，不小心跨界或是踩線時，都會讓金色佛像瞬間焦黑爆裂。

她的負闇之力大到可以摧毀神像的保護，讓結界失效，使惡鬼們得逞，所以她不拿佛像。

「就這些了？」季芮晨怎麼看都是小東西，「沒新貨？」

「我又不是道士！」小林沒好氣的說著，「妳以為廟裡會給些什麼？」

「我不知道，我又不進廟！」季芮晨手上掛了一串東西，其實也不會用。「還有什麼秘密武器呢？」

「有，重型的，我剛已經 CALL 她了……」他撫著胸口，表情痛苦。

「CALL……」季芮晨倒抽一口氣，「你找人來？」

小林說不出話了，只能點點頭，杏蹲跪在他身後好讓他靠著，老實說這時候貼著鬼的身體很舒服，冰冰涼涼的。

季芮晨跳了起來，人怎麼進得來？這哪能叫重型武器啦！就算進得來也不該進，根本是自殺的行為！她朝一點鐘方向的前方看去，小櫻跟千紗正在廝殺，過去她從不知小櫻會劍道，但是千紗的瘋狂更上一層，她不必任何東西就能傷害小櫻，甚至在任何地方引燃火苗。

但是這裡不是她該去的地方，她還有事要面對。

第十一章・求生

回身，季芮晨筆直的往身後巷子走去，跟著她的亡靈們個個斷肢殘臂，身子殘破不堪，再如何抵擋也贏不了鬼海戰術！

她的出現讓怨氣更加沸騰，Margarita 回眸瞥了她一眼，渾身是血的紅髮女人看起來依然豔光四射；Kacper 身上多數殘缺，雖然只是拿著簡單武器的平民，還是能傷到優秀的軍官。

很明顯的，Tony 依然不管這些事，在一旁觀戲。

「回來吧！」她對大家說著，「辛苦了，靈體受傷也是會痛的。」

這點經由每次拿佛珠綁鬼時得到過驗證，較虛弱的亡靈聞言消失，而 Margarita 跟 Kacper 則退到季芮晨身邊，依然是戒備狀態。

「你們認為當年江戶大火是我害的，是因為我助長了千紗，讓她將噩運延燒到整個江戶城對吧？」季芮晨開口對著面前一望無際的死者們說，「但是，那不是我，如果跟我扯前世今生，那也是前世的事了，我現在是季芮晨！」

『不公平，不公平啊！』死者們根本沒在聽，他們只顧著發洩自己的不滿。『還我們的家、家人跟人生！』

『妳也該付出代價，為什麼妳就不必遭到報應？』

「好難溝通啊！」季芮晨輕責著，「有沒有辦法讓我逃出去？」

『這裡被怨念封緘，沒有縫隙！』Margarita 難得憂心忡忡，『除非有人能從外面破解，或是……得把施術者殺掉才行！』

「施術者……妳剛說這是怨念耶，十萬死靈的怨念，我怎麼殺他們啊！」季芮晨望著手裡一堆法器佛珠護符的，卻也根本不知道該怎麼用！

眼看著已經有怒不可遏的父親爺爺們衝了上來，季芮晨根本不知道他們到底要她付出什麼代價，為什麼今生的她要為前世扛責任啊！這太沒道理了，她什麼都不記得啊！

幾隻手伸來她就揮動佛珠，更多的手伸來她就套上去，一個個碎塊落上地又被踩過，但是後面還有更多的死靈湧來。

她要怎麼解決這麼大批的死靈？之前在波蘭時曾有一大批的軍隊亡靈，那時一瞬間能將他們掩埋入土，是因為她的一念之間：因為她希望那批軍官下地獄，如果這樣的話……

『双ちゃん不行！』小櫻的聲音高昂傳來，『妳不要亂想，這樣就已經增加了這些鬼的力量了！』

季芮晨回首，看見了胸前腹部被剜掉的小櫻，趴在地上顯得異常虛弱，持著刀的斷手就在她腳邊不遠處——那千紗呢？

「住手！」杏的尖叫聲石破天驚，下一秒她又被拋進了火場裡，砸破了一處屋頂。

千紗已經隻手抓起了小林，變成惡鬼的她還是帶著笑容，看著昏迷的小林。

『我們很快就能在一起了，在一起後，你就會變成我思念的那個人對吧？』千紗邊說，一邊旋身往一處火場裡去。

等等，她想做什麼？她想要跟小林搞什麼「殉情火葬」之類的嗎？季芮晨急著要追上前去，但是髮上突然一緊，有人揪住了她的頭髮，直接往後拽扯。

『小晨！』Margarita 他們忙著阻擋其他人，完全無暇照顧她。

「啊呀！」季芮晨直接被往後拖去，隻手護著頭皮，另一隻手試圖要使用掛著的一串東西，但是她沒兩秒就被摜在地，手上的東西跟著掉落一大堆！

鬼哭神號般的歡呼聲傳至，她被拉著頭髮往不知名的方向拖去，眼前全是睥睨著她的亡者們，他們或忿怒或悲傷或質疑，但是爭先恐後的跟在她身邊！

『活下去！我們都要活下去！』死靈們用悲傷的口吻哭喊著，『妳一手造成的，就還給我們吧！』

還？怎麼還？季芮晨只覺得頭皮都快被撕開了，兩隻手死命反扯著頭髮，她就只是個普通女孩，天生的命格不是她能控制的，她能怎麼做？

而且就算她前世曾生在江戶，那又怎樣？他們都死四百多年了，賠償也不能重生啊！難道又要搞一次借屍還魂嗎？跟挪威一樣，來個……等一下，跟挪威一樣！

「你們要做什麼？我沒辦法讓你們重生喔，我不會！」她不可思議的大吼著，在挪威時，死靈的靈魂與團員結合重生，那是她昏迷時發生的事，她根本什麼都不知道啊！

無數張臉湊了過來，他們咧開了嘴，裂痕從嘴角開始，啪嘰啪嘰的迸裂，橘光從臉裡身體裡透了出來，然後伸出了手，往她的身子靠近，觸碰，乃至於穿過——「啊……」

季芮晨難受的拱起身子，死者們穿過了她的身體……不，是打算進入她的身體，思想與個性跟著流入，那「第一死者」把手伸入更多，其他死者屏氣凝神，想看著他的下一步。

「呀——啊呀——」季芮晨開始死命掙扎，扭動著身子，他們想要靈體融合，十萬個人的靈魂想要鑽進她的體內，獲得重生！

怎麼可能十萬個人共用一個身體啊！這樣的靈魂融合會成什麼樣？這不叫重新生活，這不叫還他們未來，這叫做扼殺她的未來啊！

「住手……」天哪！思想流進來了，她拒絕融合！滾！滾出她的身體！

遠遠的她聽見 Margarita 的叫聲，嘈雜聲、歡呼聲……她不要，這不是她選擇的命運啊！

「哇！好獨家喔！」驀地，陌生的聲音闖了進來！

刺眼的閃光燈突然閃了起來，緊接著是連續快門的聲音，喀嚓喀嚓。「哈囉！借過一下好嗎？」

兩隻手都已經沒入她體內的死者原本正喜不自勝的笑著，突然間臉色一凜，僵硬的凸瞪橘火雙眼，停止了動作。

『咦呀——』驚叫聲此起彼落，死者們唰啦的散開退後，季芮晨甚至可以看見腳邊的死靈們驚恐的塞擠在一起，拚命的躲拚命的擠，望著她斜後方。

唯有那個原本已經要把整顆頭都塞進她體內的死靈不甘放棄，季芮晨聽見高跟鞋的聲音叩叩叩的傳來，幾乎停在她身邊了。

那死靈忽然低吼一聲，打算一口氣要鑽進她的身體裡。

「喂，我都說借過了耶，你聽不懂喔！」女人的聲音輕揚，死靈當然聽不懂，因為她說的是中文啊！

下一秒，一隻腳就踢向呈跪趴之姿的死靈！女人正中腹部，跟踢足球一樣咻的就將死靈踢得老遠飛去！

季芮晨感到侵入身體的靈魂抽離，倒抽一口氣後難受的恢復呼吸，抓著她頭髮的死靈們早已撤離了，圍觀者也後退，躺在地上的她四周毫無威脅，吃力的撐起身子，可以看見十萬大火的死者擠在一起，用恐懼卻又發怒的神情望著她……旁邊的這位不速之客。

「果然有獨家！這才有意思！」女人低首瞥了她一眼，伸出手，「站不起來嗎？」

季芮晨嚥了口口水，趕緊搭上，她全身的氣力有被抽乾的感覺，但是心繫著小林，他會被燒死的！

「謝……謝謝！」才站起，卻注意到小櫻又不見了，不遠處繼續有打鬥聲跟歇斯底里的叫聲，她還在跟千紗對打嗎？

「這裡真熱鬧！叫我來的人呢？」女人神態自若，拿著照相機拚命照著。「這些都是妳招惹的嗎？」

「不、不算吧？」季芮晨戰戰兢兢的望著她，這是秘密武器？「請問妳是？」

「嘿，我們見過啊，妳忘了？」她勾起一抹笑，「挪威事故，警局外面？妳跟一個帥哥去做筆錄？」

咦？季芮晨一驚，她沒有太大印象，但這麼一說就記得了！因為有個女人跟一個刺蝟頭的警察在外面大吵大叫——因為她認定她的挪威之旅有異數！

「啊，葛……對吧？葛小姐！妳怎麼會在這裡？」她有點慌亂，「我記得那個警官說妳、妳是什麼小雜誌的記者。」

其實警官是說：「亂報記者」，但她覺得不要提比較好。

「我叫葛宇彤！有人保證這裡有獨家我才來的，接著就說線人會打電話給我。」她挑了抹笑，「妳可得告訴我前因後果，一字不漏！」

「呃……我很樂意，可是我們得先逃出這裡才行吧？」季芮晨邁步往前，「我要先去找小林，就是上次那個帥哥！他被厲鬼帶走了！」

沒跑兩步，葛宇彤伸手握住了她。

「急什麼，這麼多死靈，還有惡鬼，妳能做什麼？」她高傲的睨著她，說得很有道理。

「放開啊！就算不能做什麼……也得試吧！不然我能怎麼辦？我什麼都不會──只會給別人帶來麻煩！」

只見葛宇彤環顧四周，揚起微笑，就知道叫她來日本沒好差事。

「季芮晨，我帶了訊息給妳。」葛宇彤忽然叫了她的名字，「之前跟妳說過了，妳的存在，就是陰鬼們最大的助力。」

「咦……跟我說過？」……她們今天算是正式見面吧？

「水能載舟，亦能覆舟，他們能借助妳的力量為所欲為，妳也能反制他們。」季芮晨急著才想說：我不能，會助長他們的力量時，葛宇彤示意她噤聲。「避開助長他們的方法，制裁他們。」

「……避開？」季芮晨愣住了，這什麼意思？

葛宇彤沒有說話，她只是向左方看去，擰起眉不太高興的樣子。「訊息只有這樣，其他妳自己想了，那邊有很惹人厭的傢伙，我去看看。」

「咦？」季芮晨跳了起來，「我也要去啊！小林……」

鏗！電光石火間，葛宇彤居然從後面抽起皮帶間的一把刀子，直指著季芮晨，那是柄有夠閃閃發光的西瓜刀啊！

「那邊我來就好，我這把刀子家傳的，很厲害，妳快想！」她晃著刀子，季芮晨嚇得往後退兩步，差點以為會被揮到！

想什麼？避開助長他的方法，鬼就是鬼，妖就是妖，負闇之力就是負闇之力，這些亡靈都因為她變得更強，她再怎麼做也只是助長他們的能力，說不定會成為魔，還能有什麼東西足以壓制他們的嗎？

過去她因為心裡想著黑暗所以趨向黑暗，希望惡靈下地獄就會下地獄，因為負面力量會爆增，所以她唯一想到的方法是心向光明，可是當妳被一群死靈包圍著要侵入妳的身體，喜歡的人又被瘋子惡鬼傾慕意圖燒死，要怎麼光明起來啊！

她只會更加黑暗，她討厭小林受傷，不想他為她流任何一滴血，根本不希望他再出現……更討厭傷害他的人！那嬌縱任性自私的女人，還有這群被大火燒死的人，就算前世是因為她的緣故給了千紗力量，那也不是她自願的，這是她天生的命格，怎麼選？

搞得她像十惡不赦的罪人一樣，誰為她抱屈過？她面對也接受了這樣的命運，但是她沒有動手傷人，也沒有心思害人，就不該牽扯到她！

可惡！越想越氣，這樣只是更加增加黑暗的力量對吧？季芮晨緊握雙拳，她覺得自己氣到發抖，可是抬起頭來，卻看見那奇怪女人離去後，大火的死者再度朝她靠近，而且氛圍不一樣了。

她們因為她的想法又再轉化，力量更加的龐大，她協助普通的死靈變成厲鬼嗎……不，這不是她的本意，再下去沒有辦法壓制他們！

葛小姐幹嘛不講清楚，哪有什麼辦法解決這些傢伙，就算神來都不可能——有個想法瞬間閃過她的腦子，季芮晨忽然有些驚愕，她兩片唇打顫著，她想到了。

天譴。

之前有人說過，對於大災害，有一派人說是天譴，屬天譴論，雖然被很多人撻伐，但是真的有一派人是這樣的說法。

逆天而行，違天之罪，所以上天會給予懲罰，天譴不只適用於人，也適用於這些傢伙吧？

砰磅聲響，又有一棟屋子坍塌了，杏的身影出現，她全身都燒得焦黑，但手上卻攙著踉蹌痛苦的小林，他才走兩步，就摔上了地！

……小林！季芮晨邁開步伐，不顧一切的衝上前！

死靈們怒吼出聲，他們一一升級，原本人類的模樣也在轉變，變得猙獰而且怒意更堅，也朝她包圍而來！

『小晨！』Margarita 他們居然全部都被亡靈壓制在旁，拿著木片或是利器穿刺過他們的身子。

季芮晨拔腿狂奔，一路衝到小林身邊時，千紗嘶吼的竄出，她兩隻手曾幾何時都不見了！她渾身都是刀傷，但是比剛剛更加魔化，後頭走出來的女人也沒好到哪裡去，她衣服邊邊都燒黑了，這會兒正在拍熄領子上的火星。

「小林……」季芮晨蹲在他身邊，因為小林的嘴角不停的湧出血。「骨頭刺進內臟裡了嗎？」

小林沒有再說話，他勉強的睜眼看了她，然後闔上雙眼——小林！

『讓他跟我走！就能解脫了！』千紗還在說，『為什麼要這樣妨礙我，我只是喜歡一個人而已！』

「這世界不是妳說喜歡就喜歡的！」季芮晨暴吼出聲，「妳憑什麼為所欲為？！」

千紗只是咬牙切齒，不知道聽得進幾分，只知道她忽然仰天長嘯，發出刺耳難聽的吼叫聲！

「準備好了通知一聲。」葛宇彤走了出來，一邊抹去手臂上方流下的血。

天譴，季芮晨緊抱著小林，難以壓抑心中翻騰的怒火，這些人……下地獄太便宜他們了！

「離開這裡吧！」季芮晨忽然看向了杏，「跟松本一起，離這裡越遠越好，我不知道接下來會發生什麼事！」

杏驚愕不已，但是她卻緊張的點了點頭，臉上跟身上焦黑的地方飄散下碎塊，回首看著半爬而出的松本，他一雙腿被千紗撕扯，靈體受損，兩個人雙雙消失，季芮晨小心翼翼的將小林擱下後，站了起身。

「Margarita！Kacper，小櫻——全都回來！」季芮晨揚聲，並且開始一一取下身上所有的護身符，佛珠鍊，最後是手上的手環，全數褪下。

千紗一見到那些法器落地，幾乎迫不得已的將斷手朝兩方一張，火團一簇簇燃起，緊接著她竟然將火扔向季芮晨與地上的小林！

可是，葛宇彤一個箭步上前，將扛著的西瓜刀準確的砍向那火燄，火燄竟一分為二！

『什麼——』千紗顯得驚愕，火幾乎是她的玩物啊。

「在這片土地上，不管什麼都得敬我三分吧？」葛宇彤語出驚人，西瓜刀尖上的火燄依然存在，只見她轉動刀身，幾簇火燄立刻朝空中散開！

火燄在空中飛舞，緊接著火舌相連，一個接著一個分散開來，卻又相連在一起，形成一個大火圈！死靈們紛紛仰頭向上，看著那一大團火圈簡直像是……將十萬死靈圈在其中。

季芮晨身邊的亡靈都回來了，她可以感受得到其實在低泣難過的他們，這讓她更加的火大，就算是鬼也是她的鬼，不管是Margarita還是不熟的傢伙都一樣，他們才是一直陪著她的人！

大火之後，因為一個天譴論就不願安息，寧可沉睡在這片土地上等待朝她討個公道的人們；還有殺了人理所當然，還自欺欺人的繼續進行附身，將自己的想法硬加諸在他人身上的女孩……害他們至此的罪魁禍首，為什麼要饒過他們！

如果她的存在就是極闇，就能掀起人心險惡、就能讓鬼變得益加強大的話，那就給他們天譴吧！

不想安息就不要安息，乾脆全部到煉獄去，再受幾百幾千來不止的火刑算了！

千紗懼於葛宇彤，卻拚命的讓四周房子爆炸，爆炸就為有碎片飛出、炸開，可是這一切都被擋下了。

在葛宇彤周圍有無形的結界，連一片葉子都吹不進去！

「妳……」季芮晨氣得淚水淌落，瞪著千紗。「妳應該要學會什麼叫感同身受！遭遇別人所遭遇的，松本、杏、中村鈴葉甚至是小櫻——站在別人角度想一次，妳才會知道自己幹了什麼事！」

『為什麼要？』千紗瞠目睨著她，『我就是我，我幹嘛要站在別人角度想？我只要想著自己好就好——』

她才要繼續嘈雜的嘶吼，卻突然出不了聲，身子也完全動不了，浮在半空中的火圈忽然綻放出光芒，烈燄當空，瞬間每一圈每一段都呈爆炸姿態，迸射出大量的火星。

其下的江戶死靈們還在齜牙咧嘴的咆哮，季芮晨的忿怒與恨意更加助長了他們的能力，他們在變形，他們力量在增幅，他們覺得自己幾乎可以把那奪去他們人生與未來的始作俑者給撕碎，不想要重生了！

上空的火星落下，落在因力量增強而欣喜若狂的十萬死者身上、手上、頭上，立刻起了轟然大火！

『哇啊——』大火毫不留情的焚燒著死靈們，他們驚恐痛苦的扭曲身子，從剛剛那厲鬼的姿態，逐漸回到人類靈魂的模樣。

但是火沒有停，每個人類靈魂眼睜睜看著自己的靈體燒乾，因內外壓不同而肚破腸流，每一寸肌膚都乾癟後焦黑，最後皮膚剝落，殘剩枯骨，大火依然持續烘烤，直到將骨頭烤到酥脆黑亮，掙扎的死靈骨骸全數斷裂，慘叫聲不絕於耳，碎成一地灰燼。

季芮晨驚愕的望著眼前一望無際的火海，聽著寂靜一秒的時間，下一秒忽然又有淒厲的叫聲劃破天際——灰燼再次化為人形，一個個趴在地上的靈體痛苦的躍起，大火持續燃燒，再一次聽著自己肌膚劈啪的聲響，焦黑……

天空中的火圈，開始如水般降下火幕，橘燄瀑布像是煙火表演時的火瀑，又像是滾燙的岩漿，從上綿延不絕的流下，淹上了死靈們的腳，同時熔蝕著他們。

火焚與岩漿，淒絕的慘叫聲驚人，幾乎沒有停止的時候，每一個階段，只有一秒鐘的止息，周而復始。

千紗驚恐的聽著身後的慘叫聲，她卻並非毫髮未傷，只是身子開始變得輕盈，從雙手折斷處開始組織變異，今夜大風如同江戶大火那日，風拂上千紗的靈體，就像風吹沙雕一般，有一大片沙狀物從千紗身上被吹走！

『啊呀！』千紗根本不知道發生什麼事，她只知道自己越來越小，風吹得越大，她的身體越小。

季芮晨其實是呆住的，對於眼前的事情一時無法反應，只聽得見後面的輕咳。回身，只見小林果然逼自己清醒。「怎麼……」

「別再動了……」季芮晨憂心忡忡的皺著眉，眼淚不聽使喚的滴落。

小林吃力的望著站在腳前的千紗，這變形的怪物是什麼？瘦骨嶙峋像是被削去一大塊身子似的？緊接著又一陣狂風掃過，小林親眼看著千紗的身體啪嚓被吹走一大塊。

『至少……至少……』千紗的頭變得好小，眼珠有一邊不見了，她忽然笑了起來。『至少你會記得我。對吧？』

小林緩緩闔上雙眼，再睜開，看向了季芮晨。「她是誰？」

『不不不——』千紗歇斯底里的尖叫著，風狂捲起所有她身子化成的沙，捲進火瀑的範圍裡。『不要啊——』

火越燒越旺，大到幾乎難以直視，熔岩腐蝕的地面終究陷了一個大洞，被火焚燒的死靈與千紗的尖叫聲重疊著，紛紛往地底陷落。

燃燒著他們的火燄不時炸出火星，季芮晨緊緊抱著小林，多怕那火舌突然就這麼竄了過來。

耳邊，聽見的是不停的快門聲，腰間插了把西瓜刀的女人，正拍攝著驚人的照片。

「原來，江戶大火就是這樣的感覺啊！」她雙眼閃爍著光芒，若不是這裡是日本，她才不會來這裡討皮痛呢！

地底凹了一個大洞，所有的傢伙都沉落了下去，火燄也全數陷入地底，形成一個焦黑的凹槽，那是回火！所以葛宇彤蹲低身子背了過去，知道幾秒後剩餘的火會如同火山爆發一般噴出。

轟——季芮晨嚇得閉眼，耳朵聽見巨響，即使緊閉著雙眼還可以感受到亮光，巨大的火燄從地底竄出，升至高空，又在一秒內全數咻的收回地底——地面迅速閉闔，封印，徒留一片焦黑。

消防車的聲音，劃破了所有寧靜，不知道是衝破了結界，還是現在才看見他們。

「這裡還有人！有傷患！快！」

「擔架擔架！」

※　※　※

消防車一台又一台的進入中心滅火，封鎖線外的群眾們圍觀並討論著，這麼大的一個觀光遊憩所居然失火，而且火勢之大，十幾公里外都看得見，因為有不少餐廳、鍋爐及瓦斯，使得火災現場不時有爆炸聲傳來。

「看到了！那是小晨！」張義德在人群裡看見踉蹌跟在擔架邊的季芮晨，「小晨！小晨！」

「啊！別叫了，這麼吵她聽不見啦！」張媽媽拉下他的手，「我過去好了！」

「媽！這麼多人，等一下走散了更討厭啦！」張正賢拉住了她，「都這麼亂了，我們直接回飯店，這是一定找得到我們的地方！」

「回飯店喔？」張媽媽有點錯愕。

「對啦，很近啊，我記得路！我們回去後手機都開著，萬一小晨要找也好找啊！」張正賢拉過父母親往旁邊閃，因為人群越來越多。「還有那個日本導遊不是也有留電話給我們，我們可以打電話跟她說！」

「啊對厚！」張義德抹著臉上的汗，「你怎麼突然變這麼聰明！」

「厚！」張正賢不耐煩的扯著嘴角，卻掩不住笑意。「爸！我就說我都十七了，拜託不要再把我當小孩子了！」

「啊你就幼稚啊！整天跟你弟鬧什麼！」張媽媽搖了搖頭，可是有點高興。

「還不是看他那樣就討厭，他很變態又喜歡裝無辜……看了就煩！哎！我們去找莊爸爸他們啦！」高壯的張正賢開始左顧右盼，兩手各搭著父母，現在不是胡鬧的時候了！

他背挺得很直，張義德突然有一種孩子其實已經長大的感覺。

「啊正誼咧？」張媽媽忽然驚呼出聲。「人咧！」

張正賢愣了一下，四周擠得滿滿的都是人，對啊，弟弟人咧？

他們開始在人潮裡移動，因為孩子沒有手機，只能靠著呼喚尋找，而其實張正誼就在他們正左手邊九點鐘的方向，只是尋找時有視線盲點，直覺他應該在後頭。

莊氏夫妻跟女兒在一旁人行道上休息，他們背對著火場，蹲坐在地上，所以被圍觀人群遮去了身影；莊光仁憂心如焚的看著莊舒帆，他們一人攙著一邊，女兒顯得很虛弱，全身因恐懼而不停顫抖。

「舒帆，哪裡不舒服？妳說話啊！」莊媽媽泣不成聲，「妳這樣媽媽好擔心啊！」

莊舒帆緊閉著雙眼，她要說什麼？說被操縱意識的感覺？冰冷、痛苦、掙扎，無論如何都無法控制自己的嘴巴，明明聽著一切，連想說話想動作都沒辦法！

「好……我好冷！」身披著多層和服的莊舒帆顫抖說著，「好冷……」

「冷？」莊爸爸立刻起身，「我去買熱的給妳喝！」

他東張西望，二話不說就擠著人群急著往對街去，尋找附近的便利商店，他知道女兒遇到了什麼事，現在他什麼都不求只希望平安。

「媽媽在這裡，妳放心好了！媽媽在這裡！」莊媽媽緊握著莊舒帆冰冷的雙手，她淌著淚點點頭，只是無法忘記那被附身的感覺，其實她已經恢復了所有意識。

「對不起！你們是剛剛裡面的遊客嗎？」有消防隊員跑過來問著，因為她們身上還穿著浴衣。

莊媽媽錯愕的抬首，她不會講日文，慌忙站起，用簡單的英文與他們溝通；莊舒帆絞著雙手，從包包裡拿出手機。

「妳……沒事吧？」身邊突然蹲下了一個人影，是張正誼。

「咦？」莊舒帆嚇了一跳，「我沒事！你嚇到我了！你呢？你爸媽跟哥哥呢？」

「我們都有逃出來，妳放心！」張正誼用力點頭，「他們都在那邊……」

他指向原本張家站的方向，但是他不知道家人已經離開去尋找他了！張正誼是跟著莊家移動的，看著莊舒帆連站都站不穩，那種臉色蒼白的虛弱模樣，他看了好難過。

「妳感覺好累喔，臉色好白！」張正誼皺起眉，憂心忡忡。「我剛剛看妳連走都沒辦法走。」

「嗯，不太舒服。」她點點頭，對張正誼擠出一絲笑容，張家不知道附身的事。「謝謝你的關心。」

「嘿……」張正誼靦腆的低下頭，他當然關心她啊！「妳要打電話喔？不是說國際電話很貴？」

「嗯，但是一定要打！」她咬了咬唇，難為情的望了他一眼。「對不起，我要跟我男朋友講電話，所以可以請你……迴避一下嗎？」

張正誼的笑容僵住了，腦袋一片空白，兩眼瞳孔瞠大，覺得呼吸有些困難。「男朋友？」

莊舒帆不太懂他的意思，只是尷尬笑著點頭。「嗯，我的男朋友。」

「可是，妳不是喜歡我嗎？」

「咦？」她驚愕的圓睜雙眼，這孩子在說什麼？

「妳不是幫我烤麵包，又幫我解圍，而且——」張正誼緊皺起眉，一臉悲傷。「妳對我笑了啊！」

「呃，你、你是不是誤會什麼了？我只是看到你被哥哥欺負，舉手之勞幫你一下而已！」莊舒帆有些啼笑皆非，「而且你才幾歲？我已經十七了耶，我如果喜歡你，也不會是男女之間那種……喜歡。」

她掩不住輕笑，這才十二、三歲的小孩好早熟喔，而且怎麼會因為幾件小事就認為他喜歡她啊？

「妳……居然欺騙我！」張正誼忽然大吼起來，「劈腿！犯賤！」

莊媽媽聽見叫聲回過頭，莊舒帆不明所以的看著莫名其妙歇斯底里的張正誼，他到底在說什麼啊？誰騙他了！

「怎麼了？」莊媽媽彎下身子，「為什麼吵架了？」

「我不知……」莊舒帆轉過頭向上，拉長的頸子忽然劃過一陣冰冷。「啊……」

她瞠大了雙眸。

原本是一股冰冷而刺痛感掠過，緊接著卻是自頸部湧出的熱液，覆蓋了剛剛所有的感覺。

鮮血從被切開的頸部湧出，莊舒帆微啟著嘴，想說些什麼卻再也說不出來。

「啊……哇啊啊——」莊媽媽的尖叫聲掩蓋了附近所有的嘈雜聲，衝上前用手壓住莊舒帆頸部的傷口！「為什麼？為什麼——」

這叫聲引起了張家的注意，張正賢回首看向另一攤人潮聚集，還有一堆驚呼尖叫聲此起彼落！

對街的便利商店裡，聽見騷動的莊光仁狐疑的往外瞥了眼，正急著掏出零錢給工讀生，手裡滿足的握著一瓶巧克力，他幫舒帆買了溫熱的巧克力呢，她最愛喝巧克力了！

張正誼緩緩站起身，他的臉上全是飛濺的鮮血，右手握著的，是一把小小的美工刀。

「她明明對我笑了啊……」

第十二章・平息

飛機平安降落桃園機場，小林緩緩睜眼，他還很疲累，隨便一動就會疼痛，他肋骨斷了三根不說，連脊骨也有裂傷，那燃火的樹還將他背部燒到二度灼傷，他甚至連躺著睡都沒辦法。

身邊遞過杯水與吸管，他瞥了一眼，張口含住。

「平安抵達了呢！」季芮晨大大鬆了一口氣，「我擔心死了。」

「別亂想。」小林望著眼窩凹陷的她，她睡眠嚴重不足，人瘦了一大圈。

「太難了。」她無奈的聳肩。

飛機慢慢的在跑道上滑行，隔著一個走道的葛宇彤還在夢鄉，她的手上裹了好幾圈紗布，燙傷與撕裂傷，但是她一次都沒抱怨過。

距離大火後半個月，他們才啟程返台，這團在張正誼殺掉莊舒帆後就解散了，那時人在救護車上的她，絲毫不知道發生了這麼嚴重的事。

她跟著小林到醫院去，他直接被送進了開刀房，而她跟葛宇彤一道兒進了急診室……她受的傷最輕，可是這已經是最嚴重的一次，擦傷後掉了幾塊皮，還有一些輕微燒燙傷跟氣管嗆傷。

等待開刀的空檔，她開始打電話給失聯的團員，全數無法聯絡，正焦急時，美代子打給她了，口吻慌張失措，告訴她張正誼居然殺了莊舒帆！語無倫次的讓她更加焦慮，她想去，卻又擔心小林。

最後是葛宇彤說她來坐鎮，她居然還有自備軟盒盛裝那柄西瓜刀，不然血淋淋的插在腰間滿嚇人的。

重點是，她說在日本，什麼鬼都得敬她三分。

季芮晨不甚明白，但是看過千紗攻擊葛宇彤失敗的樣子，所以她相信！她趕去警局時，看見面無表情的張正誼，他坦承不諱，可是絲毫沒有恐懼或是不安的狀態，甚至也不後悔殺了莊舒帆，因為他這麼喜歡她，她卻說有男朋友，而且有男朋友為什麼要對他笑，讓他喜歡上她？

是莊舒帆的錯，她不該對他好，不該烤那片吐司、不該溫柔的看他，不該對著他笑，更不該以此誘惑他喜歡她！

這一連串的「不該」只是讓人震驚，讓他的父母咋舌，張正賢在警局裡破口大罵，直接說他變態、濫殺，還氣得張正誼抓起桌子上的原子筆就想往哥哥眼窩裡捅去。

這案子最後是台北與日本聯繫後，將張正誼引渡回台，面對記者訪問他從來都是正面回應，不躲藏也不畏懼，當駐日記者問他後不後悔時，他永遠都是回：有什麼好後悔的？殺都殺了。

未成年的他，不管在哪個國家，都不可能面臨死刑，他輕鬆自若，只要誰跟他多提，他就會激動的說都是莊舒帆活該。

季芮晨覺得他好像另一個千紗，甚至在一夕之間被迫成熟，支撐張家爸媽的張正賢之前也是，是個只顧著自己，沒有絲毫同理心或道德感的孩子；但是想不到卻因為接二連三的事故，反而長大了。

其實，有太多個千紗了，在新聞裡、在生活周遭，每一個都是父母親的寶貝，每一個奪取人命後，父母還會心疼的說自己孩子太可憐了，只是愛玩而已、只是任性了點而已、他是不小心的。

張媽媽也這麼說了，說張正誼長年被哥哥欺負、壓抑，所以偶爾會失控而已，只是沒想到這一次失控，劃開了莊舒帆的頸動脈。

可憐的永遠是自己的孩子。

乖巧有禮的莊舒帆躺在驗屍處時，她陪莊氏夫妻去看過，無血色的身體完好無缺，唯有頸部裂了一個「＜」字形的傷口，發黑泛紫，張正誼力道很猛，一刀切開皮膚與肌肉，深及頸動脈，依照他的年紀與體型，那是盛怒之下才會有的力道。

因為莊舒帆不該有男友，所以他如此怒不可遏，令人匪夷所思。

莊舒帆的遺體在日本火化後帶回，兇手與被害者都已經返國，這段期間季芮晨在照顧小林之餘還是善盡職責，盡可能關照父母們，幫忙處理訂房事宜，雖然有警方協助，可是畢竟她是領隊，比較能給予安全感，而始終給予協助的美代子，她包了大大的紅包，感謝她的幫助與體諒。

這段旅程中，大火沒有燒死任何人，也沒有誰因為鬼怪的緣故而失蹤，卻發生了實質的兇殺案，可是這之中有著不能說的秘密，並非如媒體報導，這麼多失控的兇手，精神偏激、不正常的少年們。

因為許芷凌的發狂是千紗的作為，可是張正誼卻沒有受到附身或是感染，不過媒體卻相提並論，這個團發生兩起殺人與被殺事故，又成了新聞寵兒，被大作文章。

但是沒有季芮晨擔心的扒糞報導，她跟小林的事幾乎都沒有被提起，也沒有被挖出之前帶團的折損，新聞單位隻字未提，令她非常狐疑，不可能什麼都沒報啊……是旅行社花錢壓下來了嗎？

她不深究，也懷疑說不定是葛宇彤小姐幫的忙，畢竟她是記者圈的人，無論如何，她感謝這樣的結果。

相關人士都回台後，季芮晨還是繼續留下照顧行動不便的小林，葛宇彤留下是為了取材，她鉅細靡遺的問了關於瀨戶千紗的一切，從淺草寺開始的詭異事端，便循著足跡一一去拍照，她真的是雜誌社的編輯，喜歡報導真相。

「看什麼？」小林湊了過來。

「嗯……團員名單表。」她指著最後兩欄，「你看這兩個。」

這一團原本真的是十二個人，也真的有一對情侶，但是他們臨時取消了行程，在桃園機場集合時，一開始就沒有他們兩個，因此總共只有十人，當時的她是這麼認為的，但是一抵達東京後，那兩個人就出現了。

她應該是受到了催眠影響，認定了團員就是十二人，松本跟橫山杏冒用沒來的情侶姓名順理成章的待下來；仔細回想就可以想起來，每一次他們都出現在關鍵時刻，甚至一再的用對話提醒他們線索，而且其他團員從來沒跟他們直接說過話，就算他們說話了，其他人也沒有答腔，而去本妙寺那晚，司機一邊開車一邊皺著眉，只怕是覺得為什麼她常跟空氣說話吧！

只有她看得見，然後是小林。

四百年前的無妄之災，這對情人死不瞑目，或許不是對千紗的恨，而是對中村鈴葉及小櫻的遭遇感到悲傷，緊接著江戶大火，讓他們深深覺得跟自己脫不了關係，由於千紗的魂魄未安息，他們也選擇不願離開，像是一個監督者。

「我來到東京，給了這片土地亡者力量，他們全數甦醒，也包括千紗，所以松本他們立刻就偽裝成團員接近我們了。」季芮晨無奈的嘆口氣，「其實他們一路都在提醒我們，幫助很大。」

「我看那晚本妙寺也是故意的，他們應該不能進去，只是刻意讓我們接觸那個自責過深的住持。」小林輕笑，「那場陰之雨也是……」

情人們必須幫助他們離開，降下陰之雨，卻無法阻止江戶亡靈的攻擊與質問，這是兩難之處！但是他們知道季芮晨身邊有守護鬼的存在，所以才敢放心這樣做。

「不過，既然千紗用江戶大火進行屠殺，為什麼爾後又平息了？直到四百年後才因為妳而甦醒？她突然沉睡未免太怪異？」因為這種執著，應該會繼續尋找「那個人」。

季芮晨歪了歪頭，聳聳肩。「我也不清楚。」

「因為天譴。」

隔壁走道的女人開口，她睜開惺忪雙眼，用力伸了個懶腰！

季芮晨跟小林不約而同的轉過去，葛宇彤搥搥肩頭，伸直頸子看著窗外，飛機即將降落，空橋都準備好了呢。

「什麼？」話不說完好討厭。

「天譴論啊，那天江戶大火是天譴，所以亡者們聽到這樣的說法才會死得不情願，無緣無故喪失了一切，親人、夢想、未來，所以一直想要平反，討個公道。」葛宇彤彈了指，「但是作亂的根源也一起被鎮壓，燒盡一切，接著等待重生。」

然後季芮晨來了，她的負闇之力引起了一切騷動，喚醒了沉睡中的死靈與厲鬼，染血的千紗變本加厲，尋找那個根本不存在的「侍童」。

「然後，再一次的天譴埋葬他們，這一次應該很徹底了。」小林有氣無力的回著，「無止境的火焚，還有……投胎。」

季芮晨咬著唇，她的確是這麼想的，對於被傷害與遭到的一切讓她怒火中燒，心裡所有的極端負面造成了更強大的力量，對火圈裡的死靈降下了天譴。

但是那時……她也只有心裡這樣想，可是力量帶領了結果。

事情結束後，情侶在小林病房裡現身，他們傷得不輕，可是已經決定進入下一個階段，不再在世間徘徊；他們說千紗也終於走進了下一步，進入輪迴，不再執著於不存在的人與自欺欺人。

「很適合她啊，想想讓那個自私的女孩保有原本的記憶，換個立場去體會一切也不錯。」葛宇彤扳起手指來，「遇上偏執的情人、走在路上被狂殺，還是身不由己呢？真有意思，好歹要持續三世的折磨！」

「三世……我、我不知道會變成這樣！」她根本沒想要去懲治千紗，她只是生氣！

「不，這對她是最好的方式！不在乎別人的想法跟看法，那就讓她成為那些人，但是要懷抱著原本的記憶，去嘗盡痛苦才有意義。」小林冷冷一笑，「我很期待她的未來。」

季芮晨只好嘆息，唯有這樣，才能懂得他人的感受嗎？現在這麼多的千紗，為什麼不想去為他人設身處地？每個人都走在自我主義的極端，甚至連道德都扔棄了。

「我」認定的一切才是一切，他人的死活悲痛不需要在意。

江戶大火中，想要討公道的死靈們進入了煉獄中，將持續那樣的焚燒幾百幾千年，聽過那慘叫聲就知道靈魂被焚燒的痛苦，她不敢想像幾百幾千年的刑罰會有多生不如死。

問題出在：他們早就死了！如果當年就認命進入正道輪迴的死者們，早就已經再世為人了，也不至於受此痛苦。

「我還是覺得有點遺憾！只是不是四百年前或是現在，一切都跟我有關對吧？」葛宇彤瞅著她，卻露出一種困惑。「我不知道耶，應該有吧！不然他們幹嘛找妳麻煩？既然妳前世也在那個時代……等等，這也滿厲害的，妳前世也是這種命格喔？」

「喂！」季芮晨噘起了嘴，「怎麼可能兩世的命格都一樣！」

「Who knows，我又不是靈媒，我只是從妳跟我說的過程去回推而已，不然他們幹嘛找妳麻煩？」

「有人說過，因為我的前世在那裡，才會覺得似曾相識，靈魂才能看見過去……可是我不知道我是誰。」原本，她曾以為自己是侍童的未婚妻，但後來證明不是。

「就說我不是靈媒了，我也不是道士或什麼，不知道！」葛宇彤收拾著包包，「反正呢，沒事就好了！該下地獄的都走了，該受懲罰的也得到，喜歡的人沒死，日子太平，就這樣嘍。」

「哈哈哈！說的也是！」小林朗聲笑了起來，他喜歡這種自在跟泰然，只是……「哎唷！」

「你不要笑得這麼用力啦！」季芮晨焦急的轉向右邊，他一笑就會牽動胸口。「背挺直，慢慢的呼吸。」

小林痛苦擰著眉，前額無力的靠著前方的座椅，調整著呼吸與姿勢，背上是溫暖的小手，他不由得揚起幸福的笑容，這半個月陪在季芮晨身邊，只是讓他更加喜歡她而已。

他側了頭，就這麼看著她，季芮晨難為情的避開眼神，小林最近真的越來誇張，老是瞅著她，他不知道命格再陰的人也會害羞嗎？

終於聽見艙門打開的聲音，他們這次拜小林所賜坐在頭等艙，寬敞的位子、舒適的服務，這都不是航空公司安排的，而是小林的朋友處理的。

不管是醫院 VIP 服務、她住的飯店，甚至是航班的頭等艙，居然都有人安排妥當，甚至連同葛小姐都一起照料，雖然當領隊總是可以認識各式各樣的人，但是這麼有錢又願意在急難時救助別人的人實在少之又少。

更難想像，小林會認識這樣的人耶。

門一開，果然輪椅就進來了，醫護人員推著輪椅走近，專業的攙扶小林到輪椅上頭，然後季芮晨趕緊把隨身物品帶上，跟著往外走去；葛宇彤自然順道一塊兒走，省得等會兒跟人家擠。

季芮晨走在輪椅邊，陽光從空橋邊照射進來，長長的空橋上只有他們，似乎要等他們遠離後才會進行下機的動作。

「雖然我不喜歡這種命格，但是這次的經驗非常特別。」季芮晨深吸了一口氣，「我不再是Lucky Girl，厲鬼使用我的力量攻擊我，但最後我還是能終結一切。」

小林微抬首，伸出手握住了她。「很好啊！」

「真的好嗎？我發現到一點都不好的事呢。」季芮晨噘起了嘴，「我不能有太負面的思想，我不能懷有恨意，要是我想對付誰的話，說不定就有什麼力量會幫我解決掉他們！」

「問題是沒有啊，幸好妳不是那樣的人！」小林說得輕鬆自若，「如果妳跟許芷凌、千紗她們都一樣的話，世界早就完蛋了。」

她鼓著雙頰看向他，微微泛紅。「這好像是讚美喔？」

「是啊，因為妳不是懷有惡意的人。」從認識開始，季芮晨就不是那種輕易評判他人，或是自我主義的類型，而且總是試圖幫助別人，或是盡責做到最好。

季芮晨心裡很開心，被小林牽握著手，心裡更加溫暖。

歷經這件事，她接受這樣的命運，找到了自保的方式，未來就能有個活命的機會。

她的確不曾想要害過誰，因為在她的人生中，她通常只希望周遭的人能夠平安活著，就已經是一種奢求，哪還有精力去厭惡誰或是恨誰呢？

可是，小林有一點講錯了，她並不是不懷有惡意，只是覺得沒必要。

不過，當小林身受重傷奄奄一息時，她希望那群亡靈全數陪葬，所以他們最終才會遭遇那可怕的酷刑。

「欸，在本妙寺時，你不是也回到過去了嗎？」只是中途被人發現拖了下來。

「嗯啊。」小林點了點頭。

「那是不是表示——你也曾是那個時代的人啊？」依照 Margarita 的說法，這合理得很嘛！

「現在才發現？」小林輕笑，「妳反應好慢喔！」

「咦？」季芮晨愣了一下，轉過身倒著走。「你早就發現了喔！好煩喔你！」

走在旁邊的葛宇彤開始覺得自己像個電燈泡，不對……這兩個人根本對她視若無睹吧？她搖搖頭，等待手機開機。

「妳談到這理論時我就想到了，我們如果能一起回到那瞬間，就表示我們曾是同一個時代的人。」他凝視著她，喜歡這樣的巧合。

人說緣分三生訂,說不定他們的每一生每一世,都曾相遇過。

「哇，真浪漫。」她笑了起來，腳步輕揚。「那你覺得我們會不會以前認識？說不定有見過？」

「或許吧！但我比較在乎現在認識。」

季芮晨忽然臉色一凜，又轉過身背對他，獨自往前走著，認識她有什麼好的？一切的噩運，就是從認識她開始的。

「我說真的，不要再見面了。」

下一次，誰能保證他不是裝在罈子裡回來？

「我說喜歡妳是真的。」小林說得義正詞嚴，「我沒辦法不去見我喜歡的人。」

季芮晨戛然止步，驚懼的回首，複雜的情緒翻湧，她也喜歡他啊！好不容易有一個人可以關心她，好不容易有個人了解她的一切，早在吳哥窟時她就已經喜歡他了！

但是，跟她在一起，就只能曾經擁有！

「我會避開你的！」她做了決定，吃了秤砣鐵了心。「我不要你再受傷，我也不希望你死！」

「所以這代表妳也喜歡我嗎？」小林更進一步的追問，「因為在乎，所以不捨！」

季芮晨倒抽一口氣，不可思議的回首看著他，雙頰通紅，他到底知不知道她在說重要的事啊！

「喂，你們兩個，夠了！」葛宇彤搓了搓手臂，「你們看，我雞皮疙瘩都掉滿地了！」

呃，這時輪椅上的小林才想起還有別人在啊！他輕咳兩聲，尷尬的不知道怎麼辦，季芮晨則僵硬著身子，都快同手同腳了！

「能相遇是緣分，相戀更是難得，幹嘛搞得那麼複雜！」葛宇彤加快了腳步，「要是真的誰出了事，再來後悔早知道就在一起，那也太無聊了吧！」

咦？季芮晨一怔，如果小林真出了事……她會不會後悔沒跟小林在一起？

「人吶，要把握當下，往前看。」葛宇彤回眸，朝他們揚起一抹自信豔麗的笑容。「祝你們幸福啊！」

她簡直瀟灑至極，高舉的右手揮了揮，季芮晨忍不住在心裡想著：帥呆了！

『那女人真惹人厭！』Margarita咕噥著，聽說同性相斥，尤其如果兩個都很漂亮。

『她的靈光很強大啊，在東京時就看得出來了，似乎跟日本神明有關聯！』Kacper倒是用一種傾慕的口吻說著，『我喜歡跟她並肩作戰的感覺！』

『那是木花開耶姬耶，神女耶！』小櫻氣急敗壞的說著，『我很尊敬她的！』

什麼開花？季芮晨丈二金剛摸不著頭腦，身邊的鬼在吱吱喳喳討論著，對於謎樣的女人她實在不懂，小林也只說她是朋友的朋友，一聽到他要去日本，就保證說葛宇彤是重型武器，果然名不虛傳，可是葛小姐卻說自己不是道士靈媒。

尚在思考，手又被牽了住。

回首時，推著輪椅的醫護人員正在暗自淺笑，一雙發光的眼像是在鼓勵她，他們不知道這小倆口的顧忌，只是對葛宇彤的說法深表贊同罷了。

季芮晨沒有掙開，她應該要抽手，然後按照原定的想法，衝出空橋，直接出境，回去後換掉手機號碼，跟小林徹底斷絕聯絡才是。

可是這隻手如此溫暖，她掙不開……捨不得放開。

玻璃門開啟，他們立刻就看到熟悉的人影，在那兒吵架……抬槓。

「來了！常客啊！」小平頭的警察打了招呼，「你們也真夠嗆的，可以傷成這樣！」

「我要做筆錄嗎？」季芮晨立刻趨前，卻被小林拉住。

「不必吧！日本那邊都問過幾百次了！」葛宇彤立即打槍，「小晨，快走快走！」

「喂！日本那邊是兇殺案的部分……我是要問她事發狀況！這次誰帶的團？」

季芮晨舉手，她也習慣了。「我以為張先生他們回來就做過筆錄了。」

「那是他們，妳是領隊當然也要，不過不會太久。」平頭警察歪著頭看向小林，「你真夠狼狽的！」

「那是英雄救美！」葛宇彤補充說明，「好啦，那沒我的事了，我先走了！」

她頭一揚，旋身就走，警察立即伸手拉住她的手臂。「去哪裡，我有話要問妳！」

「我也要做筆錄嗎？開玩笑！」

「妳少給我裝蒜，妳說妳最近連載的是什麼東西？」

「唷，好難得喔，你買我們家雜誌啦？」

兩個人漸行漸遠，一路抬槓而去，季芮晨都懷疑到底還有沒要做筆錄了！

小林緊緊握著她的手，直到通關出境為止，他去搭乘電梯，她則選擇先下樓去拿行李。

是不是，要像葛宇彤說的，把握現在呢？

如果緣分是天注定，他們今生相遇、乃至於互相喜歡，也是前世定下的緣分……他們曾在江戶中一起生活嗎？

她闔上雙眼，認真就能回想曾看到的畫面，好熟的場景，有火，有叫聲，火像海浪一樣向屋頂波動，有女人的哭聲在耳邊，空氣好熱，世界都是橘色的……然後有好多人的聲音，有拉曳聲、碰撞……影像變得如此清晰，她曾身在江戶大火裡！

「小晨！」小林的聲音忽然響起，「行李！」

咦？季芮晨嚇了一跳，回過身剛好看見行李在轉盤上掠過面前，焦急的拿過，然後有兩個剛好是小林的，一起搬了下來。

「嗯……有人來接我了！再電話聯絡好嗎？」他笑得有點尷尬，季芮晨才發現推輪椅的人換了。

換成一個穿著白襯衫的年輕男子，戴著黑框眼鏡，淺笑。

「嗯……好！」季芮晨有點不捨，但還是揮了揮手。

「不要又躲我。」他挑眉，笑著。

年輕男子跟季芮晨說了謝謝，一手拉著行李，一手推著小林往外頭去，她則轉過身，有些困惑的站在原地，她也葬生在江戶大火裡嗎？不知道上一世，是否跟小林見過面吶！

『見過的。』小櫻的聲音幽幽傳來，『而且妳沒有死在江戶大火裡唷！』

「咦？妳知道喔！幹嘛不說！」季芮晨很興奮的拉著行李往外走去，「跟我說一下嘛，我跟他怎麼見面的？」

路過了旁邊的垃圾桶，她頓了一秒，從口中拿出一張揉爛的紙條，扔了進去，淺草的凶籤，她自己解決了。

而小櫻沒有再吭聲，她只是默默的跟在季芮晨身後，極悲傷的憶著四百年前。

尾聲

「小心啊！」

火消隊員們高聲呼喊著，綱吉驚愕望著屋裡那女孩，她下一刻居然直直穿出了屋子，只剩下那紫色的振袖在火海裡飄揚……

「綱吉，低頭！」有人這麼喊著，綱吉立刻緊抱著嬰孩低下頭，唰的被拉了出去。

同一時間，火消們用鉤叉將那間木屋的樑柱拉倒，匡啷砰磅的屋子瞬間倒塌，把火埋了下去，從裡頭竄出黑煙與火星，嗆得大夥兒紛紛走避！

「沒事吧！綱吉？」夥伴們衝過來蹲下身檢視，「後背受傷了！藥！」

「小事！小事……」綱吉抬起頭，臉全被燻黑了。「你們看！」

他小心翼翼的鬆開雙臂，火消弟兄們全數圍過來看，在他雙臂懷抱中，有個粉嫩的嬰孩正牙牙的發出聲音，淚痕還在臉上，卻已經不哭了。

「啊……剛出生的吧，連清洗都還沒！」

「我看看……是個女娃兒呢！好可愛啊！」

「她母親呢？」

「嗆死了，把她緊緊護在懷裡，面朝地趴著呢！」綱吉心疼的看著那女嬰，「女娃兒，這麼大的火都沒把妳燒死，妳母親可是拚了命的在守護妳呢！」

「什麼？剛剛那種火她都能活著，真是……上天有好生之德啊！」滿臉黑灰的弟兄們揚起欣喜若狂的笑容，「奇蹟，這真是奇蹟啊！」

綱吉笑了起來，嬰兒也笑了起來，他高高的舉起這火場裡的生還者，給了在場火消隊的弟兄們莫名的鼓舞！

「奇蹟！奇蹟！」所有人高聲歡呼著，小小的嬰兒不知世事，只是被高高舉起，咯咯笑了起來。

奇蹟啊！

天譴・降臨。

番外．妖火餘燼

午夜，萬籟俱寂的街道上，路邊小廟透出的燈光，顯得格外令人心安。

幾個年輕男女紛紛朝廟裡拜拜，一旁地上放了許多器材，有穩定器、燈光、攝影機。

「亭亭？」馬尾女拜完旋身，發現了站在馬路邊的女孩。「妳不進去拜？」

叫亭亭的女孩留著一頭過耳短髮，搖了搖頭。

「咦？為什麼啊！我們要去鬼屋探險耶，去拜一下心安啦！」一個高壯的男子走了出來，「這是必備儀式，求個保佑。」

亭亭蹙眉，「可是，我不是信這個……」

「噢，這無關信仰，這有點像是尊重！告訴當地管區，我們等等要去鬼屋探險，請祂們關照關照。」主播粉蝶捲著長馬尾，「並非要妳去拜祂或是信奉祂！」

亭亭回頭看了廟裡的土地公，這道理她知道，但她就是不想去跟別的神打交道。

「亭亭，那不拜，去說說話可以嗎？」執行者潘姐語重心長，「鬼屋探險是比較陰邪的事，我們是個 Team、團隊，一個人出事，會影響到全體的……」

亭亭立即起身，說這個她就懂了。「好。」

都已經大半夜來拍攝了，豈有半途而廢的道理？身為助理的亭亭，絕對是以能完成這個企劃為優先。

潘姐看著她的背影，淺淺一笑。「她有時真的怪。」

大家會心一笑，亭亭的確跟一般人不太一樣，但人好相處，做事又盡責就好了！

他們是個網紅團隊，專探鬼屋，主播是粉蝶，青春亮麗身材火辣，執行者是潘姐，負責整個企劃，和所有調度，高壯的攝影師一號，狼犬，精瘦的攝影師二號，邊牧，以及剩下所有雜事助理加場記的亭亭。

沒有人用真名，一來是因為鬼屋探險本來就有個避免喊名字的禁忌，二來直播中常會提到彼此，所以一進公司大家就起了化名，甚至連LINE都直接開社群，不使用私人LINE的帳號。

亭亭出來時，發現大家都已經將各自的裝備揹上，她也趕緊揹起自己的一個背包、一個側背袋，還有一個肩包，手提袋更不能忘，另外她還有一支燈桿，以防等等太暗時要加強補光。

今天的目的地在這間土地公廟的後上方，這兒真的是前不著村後不著店的荒郊野外，又暗又僻靜，畢竟都稱之為鬼屋了，附近除了土地公外，沒人住。

啪！粉蝶打著手臂上的蚊子，嘖了一聲。

「煩，就我低胸無袖，蚊子是不是都咬我了？」她甩甩頭，多希望自己的長馬尾能把蚊子都趕走。

其他人的確是全副武裝，荒郊野外的蚊子可比阿飄多啊！亭亭連口罩都戴起來了，誰都不想被蚊子攻擊，但主播就辛苦了，大家就愛看她低胸火辣的在鬼屋裡奔跑。

潘姐的巨大手電筒終於照到了不規則的石階，她率先往上。

「今天的地理位置都跟大家說過了，等等到現場我們看狀況再決定路線，僅記一點——」

「不要落單。」身後四個人異口同聲。

今天要探險的鬼屋算新，但非常詭異；事件發生距今才五年而已，一棟兩層樓的鐵皮屋發生火災，只有二樓被燒光，一樓完全沒有被波及；一家五口在火災中往生，祖母、夫妻，與兩名還是高中生的孩子。

之所以詭異，是因為五名死者有四名被發現身上有多處傷口，尤其掌心有多條防禦傷，是先被割傷再被火燒死的；但相同的火場裡，卻有一名死者燒到只剩下枯骨。

警方研判，枯骨屍是從其他地方移過來的，但是這一家五口死亡當日的行蹤都很明確，DNA 也證實了他們的身分——怎麼可能會同一場火災，造成不同程度的燒毀？

除此之外，還有其他疑點，在當時引起不少討論，但遺憾的是，直到目前都還沒找到兇手，甚至是起火原因。

因為起火點，甚至判定在「人」。

但卻沒有任何媒介物，什麼汽油、易燃劑，通通都沒有！如此何以延燒五個人？五人屍首不僅是焦炭化，還分布在二樓各處？

「我仔細看過很多解說，真的太多未解之謎了。」狼犬有些緊繃，「邊看我就邊覺得……」

「所以這才有探究的意義啊！」潘姐直接接口，「心存善念，我們只是去走走，沒有要做什麼的。」

夾在兩個壯丁中間的亭亭倒是泰然，她是個剛畢業的新鮮人，但做事很細心謹慎，個性偏內向，非必要時不太說話，是個既安靜、工作又有效率的同事，大家都非常滿意。

邊牧看著前方左顧右盼的頭，這氛圍大家都毛毛的，亭亭卻還是一如既往的鎮靜自若啊。

「妳都不怕喔？」

「嗯？」亭亭回頭看了他一眼，「我？」

「對啊，我看妳好像也沒帶佛珠還是什麼護身符的……噢，對不起！我忘了妳不是信道教的？佛教？」

走在前方的亭亭搖了搖頭，但沒有回答邊牧的問題。

而且剛剛她進土地公廟，啥也沒說，就是打個招呼說您好而已。

走了十數階階梯，總算到了平台，手電筒照過去到處都是樹林與蜘蛛網，亭亭把鴨舌帽都戴上了，帽簷拿來突破蜘蛛網，口罩是第二層防護，她才不要碰到那些蛛絲咧，她可沒手撥啊！

「才五年……路都被樹跟野草蓋住了……」狼犬拿著手電筒往前照去，在燈光照耀下的密林，看得令人發毛。

「五年很夠了，這裡是沒人煙的……啊，那棟鐵皮屋是吧。」伸手不見五指的黑夜裡，勉強能看見一幢黑色的建物。

「占地不大，路線我們進去且看且走，因為不知道會不會有崩塌的情況，大家互相留意彼此。」潘姐眼神落在了亭亭身上，「我們沒顧到的細節，就麻煩妳了。」

亭亭點了點頭，一手拿手電筒，另一手拿著鋤草刀，她早已準備妥當。

「好，準備喔！燈光、麥克風——」潘姐在場外喊著，「三、二、一，開始！」

「嗨～大家晚安，我是粉蝶！」粉蝶用氣音開場，「現在是晚上十二點，大家知道我們現在在哪裡嗎？」

亭亭就站在兩位攝影的中間，隨時留意周遭情況，哪個人缺了什麼，從水到電池全在她身上……此時，她突然感受到腰包裡的溫度上升，微微發了熱。

『啊啊啊啊啊——好燙！』

淒厲的慘叫聲突然傳來，她倏地往粉蝶身後的破敗鐵皮屋看去，曾幾何時，熊熊大火竟眨眼間襲捲整棟建物，窗邊還有個人在火燄裡因疼痛而扭曲，彷彿在跳舞。

緊接著，每個窗邊都有一個試圖爬出來的人在慘叫，他們伸長了手，卻無論如何都跨不出來似的，被火舌纏身。

『快走！』

身後驀地傳來小孩的聲音，她緊繃著回頭，看見一個小學……可能只有十歲的男孩，正扯著她的衣角。

『這裡不能來！妳快點走！』男孩仰頭望著她，跟著哭了起來。『誰來都……』

他眼角滑下的淚，倒映著正對面的大火，然後火燄突然從男孩的嘴巴、眼睛、鼻子冒了出來，亭亭驚恐的想撥掉他拽著衣角的手，但只是輕輕一撥，男孩眨眼間就成了焦炭，化成灰了！

邊牧察覺到她怪異緊張的行徑，分神瞥了一眼，但因為她沒發出聲音，而錄影還在繼續，所以他們仍舊持續播著。

詭異的情況並沒有停止，在粉蝶身後有許多燃著火的人奔來跑去，甚至有人撞上了潘姐，另一個穿過狼犬的身體，淒厲的慘叫聲此起彼落，那活活被火燒死的痛苦，光聽著尖叫聲就令人渾身發顫！

「別進去。」

極為突然的，亭亭出聲，打斷了正在直播的粉蝶。

她瞪圓了眼，困惑的看向亭亭，潘姐緊張的示意鏡頭繼續對著粉蝶別移動，自己轉頭問道：「怎麼了嗎？」

「我們不該進去的！」在觀眾眼裡，亭亭就是畫外音，而鏡頭始終拍著火辣美麗的粉蝶。「這裡真的不乾淨！」

「亭亭！」潘姐可驚呆了，她朝她擠眉弄眼，用口形問著：這是做效果嗎？

亭亭用力搖著頭，「不是，這裡不止燒死過五個人，我算一下……一、二、三……」

見到她仰起頭，視線對向了不遠的高處，狼犬打了個寒顫，她的角度是在看……那棟鐵皮屋的二樓嗎？留言紛紛出現，以觀眾的視角來說，現在這狀況太驚悚了。

『真的假的？他們的工作人員看得見嗎？』

『這做效果嗎？』

『那間是五年前的火災現場啊，很多人都講過了，很詭異！』

『粉蝶今天好正！』

「我的天吶，兩萬觀看人數！」潘姐又驚又喜的看向粉蝶，「兩萬！」

「咦……」粉蝶其實一時不知道該開心還是害怕，因為亭亭突然的言論好奇怪啊！

數完二樓，亭亭視線下移，開始數著一樓，甚至眼神落在他們周圍，邊牧握著錄影機的手開始發抖，別、別嚇人啊！為什麼亭亭的食指剛剛指在他身後！

「十九個。」亭亭鎮靜的說著，「這裡一定不止發生過一次火災，我們應該立刻馬上離開這裡！」

「三萬！」潘姐激動的喊著，立刻走向亭亭，壓低了聲音。「三萬人啊，亭亭，妳這招太厲害了！」

什麼？亭亭反握住潘姐的手腕，以再誠懇不過的眼神看向她。「我說真的……這裡到處都是被火燒死的亡者！怨氣非常重。」

潘姐看著她認真的神情，突然也毛了起來。

低頭再次看向手機，那不停跳出的留言，各種送禮，她回頭看向粉蝶，這是爆紅的機會啊！

每個人的一生，都有十五分鐘的成名時間……現在話題已經起來了，他們如果進去的話——

「就一樓客廳！不上樓，不深入。」潘姐做了決定。

粉蝶用力深吸了一口氣，燈光依舊在，鏡頭仍然對著她，她專業的保持著微笑。

「好，我們團隊的亭亭有點疑慮，所以我們就不做全面的探險，在一樓客廳看一圈就好！我記得當初的現場，一樓其實沒有被焚燒。」

這不是一樓的問題啊！亭亭不可思議的看著真的準備進入主屋的他們，這裡的亡者有的還穿著幾十年前的衣服、甚至是清朝的服裝，這片土地上的火焚屍，跨越了百年啊！

「好，我們現在就往前嘍。」

潘姐回頭，示意大家跟上，大手一勾，狼犬咬著牙，硬著頭皮跟了進去。

但亭亭下意識後退了一大步。

邊牧嚥了口口水，默默的關上了燈。

「做什麼？」潘姐用嘴形大吼著，「跟上啊！」

邊牧搖了搖頭，「我辭職。」

「你——你們有沒有點職業道德啊！」

「職業道德沒有性命來得重要吧！」邊牧也用氣音說話，他覺得自己這樣已經很有職業道德了！

潘姐深吸了一口氣，她不是不怕，但她的恐懼並非來自於亭亭口中所言，對於那種阿飄他們向來抱持尊重，並非不信……可是亭亭說得那麼煞有其事，反而會讓她覺得，亭亭是來亂的。

「在這邊等我們。」潘姐撂下一句話，就急忙扭頭往粉蝶那邊去。

邊牧緊張的來到亭亭身邊，她阻止了他關上燈的動作，一隻手悄悄的拉住他的外套。

「我……我相信妳。」他喉頭緊窒，因為一到這兒，他也渾身不舒服。

「信我就對了。」她邊說，突然一顫身子！

有個人筆直的朝她衝了過來！她嚇得緊緊抓住了邊牧的手腕！

她這緊張又發抖的動作，讓邊牧連雙腳都跟著抖起來。

「怎……」邊牧才開口，立刻被亭亭打斷。

噓！

別說話！

少女撲向了她，雙手握住了她的雙臂。

『救救我——我不是不祥的人，我沒有被附身！』少女看上去不過十三、四歲，簡單的粗布衣，滿臉都是灰土的狼狽。

亭亭不敢動，驚恐的少女可憐兮兮的哭喊著，突然她的口、眼、鼻間竄出火舌，接著她像被什麼拖著似的，朝後拖拽而去，進入了鐵皮屋前的那塊地、那塊現在全是荒煙蔓草之處。

她被綁上木樁，四周冒出一票黑壓壓的人群，他們點燃了少女……然後，他們也被點燃了。

『哇啊啊——惡鬼！她就是惡鬼——啊啊——』

『救命！救火啊——』

『好痛！好痛啊啊！』

著火的少女走下木樁，她雙手的黑色利甲，瘋狂的刨著那些痛苦竄逃的亡靈，滿腔的忿恨歷經百年也沒有消失。

她才十幾歲，卻被莫名其妙安了個邪魅的罪名，活活燒死了。

所以不是十九個啊……亭亭看著照亮天空的大火，那一具具被燒成焦炭的屍首，才意識到這裡被火燒死的豈止區區十數個，只怕有近百個人、也就是近百位怨魂啊！

『為什麼不救我！』

少女突然閃現到她面前，正被火焚燒著的鼻尖就快要碰到她了！

亭亭僵硬的連口水都嚥不下，選擇緩緩……緩緩的別過視線。

大火燒灼肌膚的劈啪聲，歷經百年依舊清晰，高溫煮滾了女孩體內的水分，眼珠邊的水珠都在沸騰，她淒厲忿怒的咆哮著，直到燒成焦屍，仍舊不甘的為自己不公的命運發聲。

這裡的怨念，都源自於她。

邊牧依舊不敢動，因為亭亭握著他手腕的力道大到都快讓他瘀青了，也讓他嚇到快失禁了——她一定看到了什麼，只是講不出口而已！

邊牧頸子上掛的手機螢幕仍在跳動著，留言飛快的跑著，粉蝶仍在直播，觀眾們多數要他們暫停，立刻離開那裡。

當然也有更多人說他們是在搞怪力亂神，或是這個企劃很厲害耶，吸引了這麼多人……而這也正是潘姐不肯輕言放棄的原因。

「沒有喔，我們也是會不安的，所以我們決定只到客廳來看一下。」潘姐的鏡頭拍著自己，狼犬的鏡頭則對著粉蝶。「我們現在進到客廳，嗯，傢俱都還在……」

強力的燈光照著散亂的客廳，一樓的牆甚至沒有被大火燻黑的痕跡。

汗水滴落，狼犬抹了汗珠，沒人注意到這裡面特別熱嗎？

『剛剛鏡頭裡拍到人了！你們沒看到嗎？』

『快點走！』

『大家都很會演耶，是拍到什麼東西啦！』

『笑死！』

『有本事上二樓啦！在那邊裝神弄鬼！』

『直播探險還俗辣！』

「我們就看一下，往二樓的樓梯在更裡面，但因為今晚有點狀況，我們就不進——呀！」一抹人影突然從門邊閃過，引得粉蝶失聲尖叫。

什麼？狼犬嚇得當即把鏡頭也轉向門口，但拍過去什麼都沒有，只有一片靜寂。

「快出去！」潘姐終於甘願了，招著粉蝶一起往門口去。

說時遲那時快，他們三個人手上的燈突然，全熄了。

「哇呀——」

尖叫聲自裡面傳來，亭亭他們不過在十公尺以外的距離，雖然有步道有樹林遮擋，但頹敗的鐵皮屋四處漏風，他們還是可以很清楚的看見燈光的消失。

然後，那個全身燃火的少女轉過了頭，朝鐵皮屋走去。

燈光暗去，但手機仍舊亮著，狼犬驚恐的轉身，依方位判斷，依然照向粉蝶，而粉蝶未曾放下的手機也持續自拍狀態，他們只剩手機的螢幕燈光照明。

然而，觀眾看到的，卻是屋子深處隱隱躍動的橘色光芒。

『快走！屋子裡有火光！』

『你們快逃！剛剛鏡頭轉回去時我看見人了，有人在屋子裡！』

遺憾的是，慌亂的三人根本無暇看手機留言，潘姐按著手電筒，抬頭看向狼犬。

「電池呢？你的這麼剛好也沒電？」

「電池在亭亭那邊啊！」

「我們現在出去！先出去再說啦！」粉蝶推著潘姐，也就幾步路的工夫。

「好，我——哇！」潘姐才轉身跨出第一步，立刻就被東西絆倒了。

「潘姐！」粉蝶趕緊趨前，抓著她的手往上拉。「還好嗎？先站起來，先——」

啪！

酥脆的聲音傳來，同時間狼犬打開了自己手機的手電筒。

燈光重現，鏡頭可以清晰的拍到大汗淋漓的粉蝶，還有她手上握著的……一截手臂。

那黑色如焦炭的手。

他們緩緩往下看去，那躺在地上的，哪是什麼潘姐，而是一具焦屍……

「哎，我沒事，我只是絆……」潘姐的聲音自右前方傳來，只是她一站起，人就傻了。「啊……啊啊……」

她驚恐的舉起手，指向狼犬的身後，粉蝶戰戰兢兢的用眼尾瞟去，同時間屋子竟漸漸亮了起來，溫度也跟著……升高了。

狼犬倏地轉身，迎向了一大片湧來的火浪——轟！

大團火燄從鐵皮屋裡噴了出來，緊跟著眾多物品的碎裂音！

咦？邊牧嚇傻了，火？屋裡是爆炸了嗎？還沒想明白，亭亭就抓著邊牧立刻後退了一大步。

「倒退著走。」亭亭用剛剛好的音量說著，再跟著退一步。

邊牧照著她說的做，一步、兩步、三步，直到走到樓梯處後，亭亭猛然鬆手，一個轉身就往樓梯下飛快走去！邊牧緊抓著器材沒敢遲疑，一路跟著亭亭狂奔回到剛剛大家拜拜的小廟前。

其實沒幾步路，但邊牧跑得上氣不接下氣，心臟都快停了。

「您好，請問能追到我的定位嗎？我們這裡出了些意外，是……」

他還在氣喘吁吁，但是亭亭卻已經臉不紅氣不喘的報警了……他這時才想起掛在頸子上的手機。

他拿起手機，但手抖得手機都快拿不穩了。只見螢幕裡一片漆黑，不過直播仍未結束。

『報警了沒？』

『他們在哪裡啊！』

『出什麼事了？』

『最後剛剛我看見一個全身著火的人！』

『我也看見了！』

『還有人活著嗎？回一下啊！』

一隻血紅雙眼倏地出現在鏡頭前，下一秒啪的切斷訊號。

※　※　※

拖著疲憊的步伐從警局出來時，已經是隔天中午了。

昨晚警方很快的趕到現場，但是卻無法進入鐵皮屋。他們抵達時當地是一片漆黑，不過尚未靠近，所有人就都感受到異常的高溫，於是警方又調了消防隊來。

沒有任何火勢，但那裡就像火災剛撲滅，消防隊也說降溫前絕對不能進入。

直到天亮，消防隊員才終於拖出在客廳裡的三具焦屍、被燒毀的攝影器材、打光燈，還有四支手機。

他們的夥伴，潘姐、粉蝶跟狼犬，三人都已經成了蜷縮扭曲的焦屍。

人體要燒成那個地步，至少都是高溫火烤，但是鐵皮屋的一樓客廳裡，沒有任何東西被燒毀，牆壁始終維持原樣，沒有半分燻黑的痕跡。

更別說在場警消都無一人看見火。

「警察他們……都好淡定。」邊牧追上了亭亭的步伐，「只問了經過，都沒有探討……後續。」

「我們只知道五年前的火災，他們在地的可能知道更久以前的事吧！」亭亭嘆了口氣，「那個地方根本就不該住人，繼續這樣荒廢得好。」

邊牧皺眉，「妳……看得見喔！」

亭亭瞥了他一眼，點點頭。「是比較敏感一點……而且那裡很誇張，稍有感覺的都看得見，你看昨天直播裡很多人在講。」

邊牧倒抽一口氣，他們的直播影片第一時間被下架了，不過網路上還有很多人有存檔，不少人說，鏡頭的最後晃動很快，可是很多人都看見了一個全身著火的人……似乎是個女孩，就站在客廳裡。

只可惜下一秒就是一片漆黑，甚至連慘叫聲都沒有。

但也有不少人說，螢幕暗去後直播未曾停止，然後突然出現了一隻帶血的眼睛，許多人嚇得摔了手機……但是邊牧看過其他人存下的直播檔案，拉到最後面，並沒有看見什麼血紅眼睛。

「吃個東西吧！」亭亭虛脫的說著，指著前方的早餐店。

「當然好！累死！」

兩個人雙雙進入店內，點好餐後亭亭大口的灌著豆漿，精神上的疲累讓她非常需要熱量補充。

直到老闆上了餐，他們秋風掃落葉的吃完後，兩個人都沒有交談。

「……謝謝妳。」良久，邊牧才吐出這兩個字。「妳救了我。」

「沒啊，是你救了自己。」亭亭聳了聳肩，「我的警告是講給大家聽的，只有你信。」

邊牧難受的掐著大冰奶的杯子，是啊，亭亭直接叫大家不要進去的，可是……潘姐跟粉蝶想要這波流量，狼犬可能是不好意思、或是聽話，想著拍一下客廳也許沒關係……

更多的，其實或許是因為「工作」與「團隊」，綁住了他。

「……我會覺得我害了狼犬，因為攝影就我們兩個，我不去，狼犬咬著牙也必須──」

「不，他如果不去，大家說不定都能活著。」亭亭打斷了他的自艾自憐，「你不要有愧疚感，這不關你的事，走進去是他自己的選擇。」

因為他選擇了不被「團隊」或「團體」道德綁架，或者不敬業，但另一方面或許可以說──這一次，自私的人贏了。

「那裡究竟是怎麼回事？他們是被什麼火燒死的？」

「妖火。」亭亭無奈極了，「那整塊地連同土壤，只怕都是由人骨灰堆積而成的。」

骨灰？邊牧不由得打了個寒顫。

活活被燒死的怨念，世代累積，哪還能住人啊？

在地警察或許知道，豈止五年前，說不定十年前、五十年前，在那兒住過的人、蓋過的房子，全數葬於火災。

「我去買個東西，等我一下。」亭亭瞄向對面的便利商店，突然起身。

同時邊牧的電話響起，他頷首後連忙接聽，是公司打來的。

幾分鐘後，只見亭亭抱著一盒巧克力玉米片回來。

「公司叫我們趕快回去，他們要知道狀況，也要我們回應直播的意外。」邊牧急忙站起身。

「有什麼好交代的？回去就是交工作證，我辭職了，你不是也辭了？忘了嗎？」亭亭挑了眉，神祕的笑笑。

喔喔喔，邊牧當下明白，這種時候還不逃，留下來扛事兒嗎！

「對！我昨天不聽潘姐號令時就已經辭職了，我懂！我懂！」他抓起器材，「器材還回去，檔案交付，結清薪水！」

亭亭豎起大姆指，深表贊同。

「妳買什麼？玉米片？」

「對啊，每次遇到這種不舒服的事，我都得吃玉米片才能緩解，乾吃幾大匙，簡直快充！」

「呃，是喔！好特、別的充電法……」邊牧頓了頓，「欸，可以加妳私 LINE 嗎？我想說離職後再聯絡，如果我先找到下一個工作的話，我也可以再問問妳？」

「喔！好啊！」亭亭立刻拿出手機，與邊牧在路邊互掃。「不過，別再找探險類的網紅了！」

邊牧苦笑著點點頭，真的，那種探險或是探鬼屋的，他不敢再做了。

「原來你叫 Tim 啊？」互加好友成功，亭亭傳了一張貼圖。

「妳暱稱好特別喔……炎亭？這有什麼意義嗎？」

只見亭亭認真思考了幾秒，還歪了頭。

「沒有什麼意義，只是有種感覺——彷彿那才該是我的名字！」

後記

2012

歐嗨唷！《異遊鬼簿》在春天繼續出版，感謝許多人的大力支持，更謝謝春天願意讓小晨繼續帶團旅遊。

如果您是第一次購買這系列的朋友，謝謝您，這是背景跟旅遊相關的靈異故事，相信您已經跟小晨一塊兒去東京玩了一趟；如果您從以前就支持我的作品，我更感謝您，感謝您的不離不棄，即使《異遊鬼簿》在春天重新滋長，依然堅持跟小晨的團！

世事多變，很多事情總是瞬息萬變，緣分也是難以形容的巧妙，說實在的，這不是我第一次在春天出版喔！

從事創作十年有餘了，回想我第二本書便是在春天旗下的法蘭克福出版的，爾後更曾出版過筊菁作品集，所以跟春天是關係匪淺；當然時序推移，諸事變化，當年的編輯與現在也已不同，可是巧的是，現在的總編跟主編竟都是十年前的舊識，還都是曾一同走在網路小說路上努力的人們，這緣分自然更深一層，當初得知時頗令人訝異又開心。

也因為回歸春天，與過去失聯的作者們聯絡上，所以最近很常話當年，這份情感彌足珍貴。

來聊聊小晨這一次的旅途，這次出團到我們較為熟悉的日本，振袖大火又稱明曆大火，在史實上是有記載的，也因為這場燒掉大半江戶的火災，促使江戶重生、才締造了之後的繁榮。

至於大火的發生原因，老實說眾說紛紜，正常普級版的是說本妙寺正在舉行葬禮，火化一名年僅十六歲的少女，少女身上穿著紫色的振袖，結果風勢太大，火勢從本妙寺的前庭延燒，一路蔓延到江戶城內，直到不可收拾，因此名之。

可是不管什麼時代都有傳說，這名少女與振袖背後有著少女痴戀的故事，只是不知道怎麼的，研究完傳說後，總覺得這明明就是個執念過深的少女，自以為是的單戀對方，甚至不惜燒掉大半個江戶……這根本是謀殺吧？整個江戶城的人因為她的緣故或葬生或屋毀，說不定當年那個侍童壓根兒不知道有個女孩如此為他瘋狂哩！

接著，我很難不想到這種案子好像現在有很多厚？自認為別人對自己有意思，或是自己喜歡對方，對方就「應該」要喜歡自己？這類案件層出不窮，跟蹤、變態的還勉強算好，但多半發生的結果都是殺害。

不管是之前發生在日本的案件，或是我們這兒遇到個好心人幫忙搬家去被捅十幾刀致命的狀況，是否都像極了這種偏執又自以為是的心態？世界只要讓著他們轉就好了，如果得不到，不如就殺了對方，或是自己喜歡對方，對方一定也要有所回饋，否則就是背叛，而且事後都毫無悔意，尚能一笑置之。

不知道該說是心態病了？還是這些人接收到的訊息跟常人不同呢？雖說人都是自私的，但是自私到連感情都要如此蠻橫，也就太 over 了。

姑且不論明曆大火的真相，在這兒我用不同的觀點去帶出新的故事，但請別忘了，小說就是小說，為杜撰捏造，不管是傳說、由來，甚至是裡面的景點等等，請千萬不要太認真看待喔！

這集蘊藏了不少事情，接下來故事即將進入特別的階段，許多謎底，靜待揭曉。

後記

2024

二〇一二年，出到第三集的《異遊鬼簿III》系列「因故」由春天出版社接續出版。當時很謝謝他們願意半路接手，畢竟根本很少有出版社會願意從第四集開始出，然後前面三本的版權在別人家。

當年，在春天的續出發，就是從《異遊鬼簿III：妖火》這本開始的。

二〇二四年的現在，用了十二年，前出版社的舊作已全數重出，而《妖火》今年也再版了！總算是完成一個循環，畫上一個句號。

我仍舊感謝所有的一切，無論是停止合作的人，接住我的人，以及支持我的廣大天使們——你們。

所以為了紀念，這本的番外寫了個城市裡的「妖火」，也跟大家交代了某個角色的後續。謝謝你們，我愛你們。最後，由衷感謝購買這本書的您們，購書才是對作者最實質且直接的支持，沒有您們的購書，作者便無法繼續書寫下去，謝謝！

※本書純屬虛構，如有雷同，完全巧合※

異遊鬼簿III

妖火

等菁 作品53

國家圖書館出版品預行編目資料

異遊鬼簿III：妖火 / 等菁作. -- 二版. -- 臺北市：
春天出版國際, 2024.11
面； 公分
ISBN 978-957-741-970-5 (平裝)

863.57 113016071

ISBN 978-957-741-970-5
Printed in Taiwan

作者 等菁
封面繪圖 Moon
美術設計 三石設計
總編輯 莊宜勳
主編 鍾靈
編輯 黃郁潔

出版者 春天出版國際文化有限公司
地址 台北市忠孝東路四段303號4樓之1
電話 02-7733-4070
傳真 02-7733-4069
E-mail frank.spring@msa.hinet.net
網址 http://www.bookspring.com.tw
部落格 http://blog.pixnet.net/bookspring
郵政帳號 19705538
戶名 春天出版國際文化有限公司
法律顧問 蕭顯忠律師事務所
出版日期 二〇二四年十一月二版
定價 320元

總經銷 植德圖書事業有限公司
地址 新北市新店區中興路二段196號8樓
電話 02-8919-3186
傳真 02-8914-5524

苓菁作品

苓菁作品